貓邏——著 Welkin——繪

天選者

③

可不可以，
血拚也來開外掛？

人物介紹

姓名◉布奇麗朵

性別◉女

年紀◉十三歲

部落◉美比亞菲部落和靈迦部落的混血兒。

外貌◉粉橘色長髮及背，琥珀色眼瞳，眼睛下方有黑色部落圖騰。一頭長鬈髮，背部有迷人的小翅膀，身高僅僅一百公分。

性格◉小時候目睹了慘烈的戰鬥，心靈受創，有些許自閉和畏懼外人。雖然是兩族血脈，卻沒有覺醒屬於兩族的天賦特色，是個沒有天賦的人，這導致她的心靈敏感、畏懼外人，也害怕部落以外的環境。

目次

第一章 ◉ 隨機任務 007
第二章 ◉ 達格利什和布奇麗朵來啦！ 033
第三章 ◉ 家庭出遊 057
第四章 ◉ 重螢水 081
第五章 ◉ 傳說中的元素精靈 105
第六章 ◉ 跟元素精靈綁定 131
第七章 ◉ 第二次的旅遊 161
第八章 ◉ 班薩非雷特 189
第九章 ◉ 哈利多部落 211
後記 238

第一章

隨機任務

【叮！隨機任務發布：找尋雨時花。獎勵：五萬貢獻點，抽獎券三張。（任務可重複執行十五次）】

【叮！隨機任務發布：獵殺二十隻怪物。獎勵：一萬貢獻點，抽獎券三張。（任務可重複執行二十次）】

【叮！隨機任務發布：唱一首歌。獎勵：一千貢獻點，抽獎券一張。（任務可重複執行十次）】

【叮！隨機任務發布：跳一支舞。獎勵：一千貢獻點，抽獎券一張。（任務可重複執行十次）】

【叮！隨機任務發布：看一本書。獎勵：兩千貢獻點，抽獎券兩張。（任務可重複執行十次）】

【叮！隨機任務發布：旅行。獎勵：遊歷一個區域一千貢獻點，抽獎券兩張。（任務可重複執行十次）】

【叮！隨機任務發布：結交朋友。獎勵：一名朋友一千貢獻點，抽獎券一張。（任務可重複執行十次）】

【叮！隨機任務發布：表演才藝。獎勵：五千貢獻點，抽獎券三張。（任務可重複執行五次）】

突如其來的一連串任務讓正在聊天的晏笙和阿奇納有些懵，但是這種情況以前也出現過幾次，所以他們很快就定下心來，翻看系統給的任務。

「這次給的抽獎券不少呢！」晏笙開心地笑著。

雖然他現在身上的資產已經能讓他不在乎這些貢獻點，可是抽獎券他還是挺想要的。

「你喜歡抽獎券？為什麼？這些東西又不值幾個貢獻點。」阿奇納面露不解。

在他看來，抽獎券抽中的東西雖然大多數都很實用，可是那些東西都是普通貨色，晏笙可以透過萬宇商城買到相同的物品，甚至還能買到品質更好、更加優質的，實在沒必要因為幾張抽獎券這麼開心。

「大概是因為覺得……可以觸碰到幸運？」晏笙偏著腦袋，試圖將自己的想法描述出來，「抽獎抽中不是能夠得到獎品嗎？要是抽中了，我會覺得很幸運，不管東西的價值高低，都會讓我很高興……」

「要是沒抽中呢？」阿奇納反問。

「沒抽中就沒抽中啊，反正抽獎券是白得的，又不用花錢去買。」晏笙聳肩回道，心態相當平和。

「你還真容易滿足。」阿奇納挑了挑眉，露出不以為然的表情。

「也不是容易滿足，欲望是永遠滿足不了的。」晏笙搖頭說道：「我以前也不是這樣的，以前我因為身體的關係，有段時期很憤世嫉俗，覺得我好像是天底下最不幸、最可憐的人……」

回想起當時的中二病黑歷史，晏笙就很想回到過去把自己打醒。

「是我的家人教會我，要活在當下，要關心身邊的人，要學會從日常中發現美好的事物，要珍惜地過每一天。」

很多人都以為，他們每天都過著無趣呆板、枯燥乏味的生活，其實每一天都是新的一天，只是他們從沒關注過而已。

「我們塔圖從來不會壓抑欲望，我們認為欲望是進步的動力！」阿奇納揮舞著拳頭說道：「想要什麼就去搶，要是搶輸了那就繼續努力！我聽我們長老說，我們先祖以前很窮，就是靠搶劫跟打架變富有的，我們以前的武器是搶來的，星幣是搶來的，族地也是搶來的！」他頗為自豪地挺起胸膛。

晏笙：「……」原來你們祖上是土匪嗎？真是失敬、失敬。

「可惜加入百嵐以後就不能搶了，我還想要效法先祖成為星際海盜，到處搶劫賺星幣呢！」阿奇納咂巴著嘴，頗為惋惜地說道。

「……搶劫是不好的行為。」晏笙委婉地勸說。

「不是啦！我是要當好的星際海盜，專門搶壞人的那種！」阿奇納連忙解釋，不希望小夥伴誤會，「像是獵盜組織，他們搶了別人的，我就去搶他們！」

「……」

晏笙順著阿奇納的說法想了想，覺得阿奇納所說的行為似乎也沒錯。

黑吃黑，很正義！

「那你們現在怎麼賺星幣呢？」晏笙好奇地詢問。少了最主要的收入來源，塔圖人是怎麼維持整個族群的開銷？

「現在就是當星際冒險者、保鏢和僱傭兵啊……」阿奇納回答道：「我們塔圖是最強大的戰士，長得也好看，很多有錢人都喜歡找我們當保鏢，給的星幣也多，不過當保鏢太麻煩了，都要看那些人的臉色、聽他們的命令，而且不能亂跑，都只能跟著老闆走，之前還有個富豪女喜歡我們族裡某個人，一直要他跟在身邊，還動手動腳地吃豆腐……」

阿奇納頗為不滿地撇了撇嘴，「要換成是我，我早就辭職不幹了！不過果哈特大哥好像也很喜歡富家女，經常變成獸形跟富家女玩，富家女還買好多吃的跟玩具給他……」

提到食物跟玩具，阿奇納露出羨慕的表情。

「那些玩具真的好好玩，糖果也很好吃……」他看著晏笙，用著垂涎又可憐兮兮的語氣說道。

晏笙挑了挑眉，似笑非笑地問：「你想吃糖果？」

「想吃！」阿奇納中氣十足地回道。

「那你變成獸形讓我擼毛，我就買一堆給你吃。」

「你要幫我梳毛？」阿奇納雖然心動，卻又有些遲疑。

晏笙幫他梳過幾次毛，還會幫他按摩，他覺得很舒服，但是晏笙每次摸著摸著就會「不小心」摸上他的耳朵跟尾巴，那可是相當敏感的部位！是要留給未來的伴侶摸的！

「變成獸形可以，但是你不可以再摸我的耳朵跟尾巴了！我還是一隻清白的單身獸呢！」阿奇納鼓著臉頰說道。

「噗哧……」晏笙被逗樂了，「說得好像我對你做了什麼事一樣，我也是清白的單身漢啊！」他學著阿奇納的口氣說道。

「你還狡辯！」阿奇納滿臉的控訴，「上次你幫我梳毛的時候就一直摸我的耳朵跟尾巴，上上次也是，還有上上上次……」

「我那是不小心。」晏笙訕笑著解釋，「我不是跟你說過嗎？在我的家鄉，我們都很喜歡摸貓咪的耳朵跟尾巴……」

誰讓阿奇納的耳朵跟尾巴摸起來的手感那麼好呢？他克制不了自己啊！

「我家鄉的人還會把臉埋在貓咪的肚子『吸貓』呢！我都克制著自己，沒對你這麼做……」

晏笙想起，他有一個朋友就很喜歡「吸貓」，而他家的貓每次被他埋肚子的時候，總是露出一張「生無可戀」的臉，相當有趣。

雖然晏笙也很想把臉埋在阿奇納的肚皮上，不過要是他真的這麼做了，阿奇納可能會蹦跳起來，罵他是「色狼」了！

「你、你家鄉的人還真是、真是……喜歡貓獸。」

聽到晏笙還「覬覦」過他的肚子，阿奇納的臉頰微紅，有些彆扭又害羞。大貓的腹部可是只有伴侶和家人能碰的呢！

「是啊，我的家鄉有一堆人自稱是貓奴，喊自己養的貓是貓主子、貓陛下，他們喜歡買一堆玩具給貓主子玩……」

晏笙沒有發現阿奇納的情緒，歡快地說出幾件他見過或是聽說過的貓奴舉動。

像是：舉著手機對著心愛的貓主子狂拍照；看到貓主子張嘴打呵欠的時候，就把手指放到牠嘴裡讓牠咬，然後在貓主子露出驚嚇的表情時抱著牠猛親；玩弄貓主子的肉球（貓掌）；喜歡買很多衣服、配件裝飾貓主子；將貓主子放在胸口，讓牠踩踩踏踏……

「你家鄉的人真好。」阿奇納露出羨慕的神色，他也好想被人這麼寵著、疼愛著。

「我們還沒加入百嵐以前，有壞人會抓我們去當奴隸和玩寵，聽說那時候我們的先祖被那些壞人逼得經常遷移。現在的情況比較好了，但是還是有壞人會跑來抓族裡的幼崽，有些種族的人還會自認他們的血統高貴，瞧不起我們這些獸人！」阿奇納忿忿不平地握緊拳頭，恨不得揍歪那些人的嘴臉。

他之前跟著阿姐去墟境時就遇見了這種人，自以為高人一等，把其他種族都看成未開化、沒教養的野蠻人，開口閉口就說：「你們這些下賤人種」、「低等種族」……

要不是阿姐拉著，阿奇納真想給那個人一頓教訓。

阿姐卻叫他不用在意，她說這樣的人，在墟境都活不久。

阿姐的話應驗了，隔了十幾天後，阿奇納就聽說那個人招惹了不能招惹的人，被對方弄死了，連帶跟他同行的小夥伴也死傷不少，那個種族的族群試煉算是失敗了。

對方的帶隊領隊還想找墟境主人討個公道，卻被管事斥責一番，罵他們不自量力、不知反省。

領隊不服氣，還想顛倒黑白、製造輿論，說墟境處事不公、包庇兇手，試圖從管事這裡撈到一點好處。

管事便讓人調出監控，直接在天幕上播放對方當時的惡形惡狀，堵得領隊啞口無言。

後來連墟境的「制裁者」也聽說了這件事，直接下達命令，讓這個種族未來一百年都不許進入墟境，就連那些已經進入墟境的人都被強制遣返。

那個種族可說是偷雞不著蝕把米，面子裡子都丟光了。

阿奇納將這件事情跟晏笙說了，語氣裡不乏幸災樂禍。

「墟境那裡真的很好玩！可惜我的實力太低，只能待在永望島等阿姐他們，不能夠跟他們一起進去……」

永望島位於墟境外圍，要進入墟境就要從永望島傳送，是一個類似百嵐城那樣的地方。

「永望島也挺好玩的，很熱鬧！大家在墟境得到東西，一些不需要的就會拿到永望島賣，那裡也有旅館和出租房可以短期居住，也有鍛鍊場和戰鬥擂台，戰鬥擂台贏了還有獎金可以拿，不過我的實力不夠，人家根本不讓我上去打……」

阿奇納一邊叨叨絮絮、一邊在晏笙的眼神示意下變成獸形。

等阿奇納大貓趴平了，晏笙拿出三把梳子準備為他梳毛。

這三把梳子是他在萬宇商城買的，名為「貓科獸類專用梳」，梳子的材質特殊，自帶滋潤、柔亮作用，使用時不需要額外添加其他潤絲精、柔絲液或是滋養物。

不過要是覺得功效不足，想要額外添加，也是可以搭配使用的。

最大的一把梳子梳齒齒距寬，用途是粗略地梳毛，將獸毛梳順、梳柔，並讓一些寬鬆的打結處鬆開；中號的梳子是將毛髮梳得更加光滑、更加光澤明亮，以及處理細小的毛髮糾結處；小號梳子是針對一些不容易梳到的部位進行更加精細的梳理。

等到大貓的毛髮被梳理得光滑柔順之後，晏笙拿出一瓶噴霧式的「護毛噴霧」，將裡頭的護毛液均勻地噴在貓毛上。

這款護毛液除了能讓獸毛保持順滑耀眼之外，還具有防塵污、除蟲蚤的功能，讓打理好的獸毛能夠保持一段時間的乾淨清潔。

晏笙忙得不可開交，而被伺候的大貓則是舒服地瞇起眼睛，一邊發出「呼嚕呼嚕」的聲響，一邊吃著晏笙給他準備的餅乾糖果，相當地舒服愜意。

直播間內，觀眾們一邊對阿奇納充滿羨慕和忌妒，一邊又忍不住將這一畫面拍攝下來。

噴過護毛噴霧的貓毛顯得更加蓬鬆、光澤感十足，讓大貓在帳篷的燈光照耀下閃閃發光。

護理梳毛過後的大貓就像是高貴驕傲的小王子，而坐在貓王子身邊的黑髮少年是貓王子信任的管家，黑髮管家看著貓王子的眼神溫和而寵溺，整體畫面美麗又溫馨。

看著自己的「傑作」，晏笙按捺著蠢蠢欲動的撲貓欲望，表情平靜地收起工具，而後佯裝自然地蹭到大貓身旁，靠著他的腰部位置坐下。

才剛盤腿坐穩，一道白影襲來，腿上一重，蓬鬆柔軟又光滑柔順的巨大尾巴就自動送上來了。

不是說不能摸尾巴嗎？

晏笙訝異地轉頭看向阿奇納，後者像是沒有意識到他的尾巴背叛了主人，依舊「喀咔喀咔」地啃著餅乾。

晏笙抿著嘴，忍住笑意，眼底的開心卻是洋洋灑灑地溢了出來。

他伸出手，指尖試探地撫摸尾巴，目光仍然緊盯著阿奇納，等著他要是有反應就立刻將手拿開。

然而，阿奇納像是無知無覺，依舊開心地吃著零食，完全沒有注意到自己的尾巴已經落入晏笙手中。

晏笙暗笑，眼底笑意更盛。

指尖輕輕地梳理著尾巴的長毛，偶爾捏一捏溫熱的尾骨，惹來大貓愉悅的呼嚕聲，尾巴還舒服地向上翹起，末端微微地捲成鉤狀，還時不時地蹭蹭晏笙的手臂。

晏笙無聲地笑著，一邊把玩著尾巴，一邊以意識點開光幕，準備繼續查看剛才跳出的隨機任務。

「咦？」

相當意外地，任務欄上竟然顯示有一項任務完成了。

「呼嚕……怎麼了？」阿奇納扭頭詢問。

「上面顯示我完成一項才藝表演，可是我沒有啊……」

晏笙將光幕拉大，讓阿奇納能夠看得更加清楚。

「該不會是你幫我刷毛，系統覺得這是才藝？」阿奇納表情古怪地猜測。

從接到任務到現在，晏笙唯一做的事情就是幫他刷毛了。

「還能這樣嗎？」晏笙訝異地瞪圓了雙眼。

「我覺得是這樣，不然你問問你的系統。」

晏笙半信半疑地詢問了天選者輔佐系統壹貳，發現這個任務還真如阿奇納所說，就是將他為阿奇納刷毛的舉動判斷成才藝表演了。

「這麼……簡單？」晏笙難以置信地低語。

他原以為任務要的才藝表演是彈鋼琴、拉小提琴、寫書法、畫畫、跳舞、打拳這類的表演呢！

「當然！會梳毛可是相當厲害的才藝呢！」阿奇納一臉認真地說道：「你看，你把我的毛梳得這麼好看、這麼柔軟、這麼蓬鬆，這可不是每個人都能辦到的！我們部落有好幾個笨蛋，他們每次給自己舔毛，都把自己弄得一團糟！你不是獸人卻能夠幫我把毛髮打理得這麼好，真的很厲害！」

「……謝謝。」晏笙雖然覺得有哪裡怪怪的，可是在阿奇納閃閃發亮的貓眼下，他被說服了。

「如果這樣也算才藝的話……」

晏笙從空間拿出一張紙，十指翻飛地摺疊著，不一會兒，一朵紙玫瑰就出現了。

「摺紙也能算才藝嗎？」他舉著紙玫瑰問道。

「這是你家鄉的才藝？」阿奇納好奇地看著那朵玫瑰。

「對，摺紙是流傳傳統技藝，我們會摺星星和千紙鶴祈福和祝福，也會摺玫瑰花、愛心用來告白求愛，還會摺紙船、紙飛機、青蛙、氣球等等做成玩具玩，一些藝術家也會用摺紙做成藝術品……」

晏笙又拿出幾張不同顏色的紙，逐一將他提到的東西摺出。

「我以前身體不好，大多時間都待在家裡，我奶奶就會教我摺紙玩，她還會剪紙……」晏笙流露出懷念神色。

「我奶奶很厲害，她煮的菜很好吃，會醃菜、做臘肉，會刺繡、會做衣服、做布偶，還會用布料做絹花、做髮飾，她還會編織，中國結、手環、腰帶、帽子、手提袋、衣服……她都能夠用各種材料編織出來。」

晏笙跟著奶奶學到幾手，都是普通水準，並不精通。

「你奶奶真厲害，我阿母就沒那麼厲害了，她只會煮飯，不過飯菜的味道普普通通，只有燉肉好吃！我阿爸用礦石跟肉拌的肉飯也好吃……」

「礦石跟肉？」晏笙無法想像那是什麼樣的滋味。

「對啊！把礦石弄成小片和小塊，跟肉泥拌在一起，礦石硬硬、脆脆的，有甜味、辣味、鹹味，肉泥軟軟嫩嫩的，很好吃！」

「礦石也有味道嗎？」

「有啊！不同的礦石有不同的味道，不過甜礦石很少，只有高級能源礦和礦心才是甜的，它們都很貴，我也才吃過一次……低等礦都會摻著一股苦澀味，像是吃到難吃的青菜，我不喜歡。」阿奇納皺了皺鼻子，尾巴一晃一晃地說道。

聊完食物，話題又回到隨機任務上。

「我剛才的摺紙也算一項才藝耶！」晏笙開心地說道。

「你都完成兩個任務了啊……」

阿奇納莫名地被激起勝負心，也跟著點開任務欄，打算先完成幾個任務。

「你想要表演什麼呢？」晏笙詢問道。

「我要唱歌！」阿奇納伸出毛茸茸的爪子，豪氣地拍在唱歌的任務標籤上。

「啪啪啪啪……」晏笙捧場地拍手，等著阿奇納一展歌喉。

阿奇納的歌聲，與其說是唱，不如說是吼。

他唱的是塔圖部落傳唱許久的古老歌曲，歌詞的大意是：

塔圖啊！塔圖！我們是強壯的塔圖！
我們有著強健的體魄和銳利的獸爪！
敵人來了，我們幹死他！
塔圖啊！塔圖！我們是英勇的塔圖！
我們有著堅定的意志和熱情的戰魂！
屍堆骨山，我們踩著它！

阿奇納的嗓音還有些稚嫩，可是配合著他那氣勢騰騰的歌聲，竟是讓他唱出了幾分壯烈、豪邁之感。

晏笙聽得情緒激昂，等到阿奇納一曲結束，他立刻鼓掌叫好。

「真好聽！你唱得太棒了！」

得了晏笙的稱讚，阿奇納得意地抬高下巴，喉間發出喜悅的呼嚕聲，而後又唱了好幾首歌，把唱歌的隨機任務都完成了這才滿足地休息。

晏笙也跟著唱了幾首家鄉的歌曲，不過因為歌詞和旋律記不太清楚，經常出現張冠李戴和忘詞、忘記旋律的情況，這時的他便厚著臉皮地哼著自編的曲調，要不就是重複幾次記住的副歌，然後就將歌曲結束。

用著這種「反正我家鄉的歌曲你們也沒聽過」的耍賴態度，十個唱歌任務也被他矇混到手了。

晏笙開心地轉過頭，想要詢問阿奇納的聽歌感想，結果卻發現，在他唱歌過程中還會「嗯」、「嗯嗯」地回應他兩聲的阿奇納，竟、然、睡、著、了！

「阿奇納！」晏笙氣得大吼一聲，恨不得撲到他身上揉亂他的毛。

「唔！」半昏睡的阿奇納一驚，連忙睜開眼睛。

「怎麼了？有敵人打進來了？」

他警戒地站起身，四下張望，卻發現帳篷內外並沒有異狀。

「喵嗷？沒人啊……」

阿奇納困惑地轉頭看向晏笙。

「你睡著了。」晏笙瞪著他，平靜的語氣中透著風雨前的寧靜。

「喵……嗷？」阿奇納眨了眨大貓眼，腦袋還歪了歪，一臉的天真茫然，絲毫看不出他的心虛。

「剛才我唱歌的時候，你睡著了。」晏笙堅定心智，沒有因為他的萌態而滅了怒火。

「喵嗷？有嗎？沒有吧！我剛才是閉著眼睛在聽你的歌啊……」阿奇納求生欲很強地解釋，尾巴還纏上晏笙的手臂討好地磨蹭。

「我剛才唱了什麼？」晏笙挑眉反問。

「我不記得歌詞。」

「旋律呢？哼兩句總行吧？」

「我、我……」

「別解釋了！」晏笙撲向他，氣呼呼地揉他的臉，「我唱歌有那麼難聽嗎？你竟然寧願睡覺也不聽我唱歌！」

「沒，你唱得很好聽。」阿奇納連忙解釋，「就是、就是曲調太溫和、太慢了，像是我小時候阿母哄我睡覺的歌……」所以他才會聽到睡著。

聽他這麼說，晏笙也反應過來，剛才他唱的都是曲調輕柔、歡快的歌曲，沒有阿奇納唱的部落戰歌那種激昂風格。

鬧了這麼一會兒，晏笙的不滿已經消失，但是他還繃著臉，做出一副「我現在還在生氣」的模樣。

「你別生氣，我、我給你玩耳朵？」

阿奇納低下頭顱，將耳朵遞到他面前。

「用耳朵就想收買我？」晏笙哼哼兩聲，忍住了摸耳朵的手。

「那、那加上尾巴？」阿奇納害羞地說道。要不是有獸毛遮掩，他的臉早就紅了一大片了！

「我要趴在你的肚子上！」晏笙說出他的目標。

「不行！」阿奇納蹦跳了起來，差點把帳篷給頂翻了。

「小心！」晏笙連忙拉住他。

「不行、不行……」

阿奇納以為晏笙要「霸王硬上弓」，連忙往地上一趴，把肚子嚴嚴實實地遮住。

「肚子不行！肚子是、是給伴侶的！小夥伴不能趴！我、我要當一個清白的獸人！」

「噗……」晏笙被他逗笑了，「算了，不鬧你了。」

其實他只是想要模仿以前看過的動畫《龍貓》，小女孩趴在大龍貓肚子上的那一幕。

他小時候看到那個場景時，覺得要是真的可以趴在巨獸的肚皮上，肯定會很舒服，所以現在才會想要嘗試一下。

沒想到阿奇納的反應會這麼激烈，他也只好放棄。

「真的？你真的不摸我肚子了？」阿奇納小心謹慎地詢問。

「你要是再囉唆，我就真的要玷污你的『清白』了！」晏笙似笑非笑地威脅道。

感受到晏笙的「惡意」，阿奇納立刻噤聲。

他總覺得，要是他再繼續說下去，晏笙肯定會對他做些什麼，他的直覺可準了！

「我、我們繼續任務吧？」阿奇納小心翼翼地轉移話題。

見阿奇納嚇得尾巴都縮到腿間了，晏笙也不再逗他，順著他的話往下說道。

「你會什麼才藝表演？」

「我會、我會……我會鍛造。」阿奇納想了很久，才憋出一個像是才藝的技能。

「這裡又沒有工具，怎麼鍛造？」

「可以用精神力打造，只是會比較累，而且材料也要找精神力專用的材料。」

阿奇納從空間裡頭取出一個像是黏土的白色圓球。

「這個是精神力鍛造專用的『塑土』，我小時候都是用它訓練精神力。」
晏笙接過手，揉捏了幾下。
塑土相當柔軟，具有很好的彈性，晏笙將它往兩旁扯開，雙臂平行拉長了，它依舊沒有斷裂；鬆手後，它還會慢慢往回縮，縮成最初的圓球狀。
「它具有回復性，可以重複使用。」阿奇納詳細地解說道：「要是想要保留成品，做完以後往上面噴定型液，它的形狀就會固定，不過噴了定型液以後就不能再恢復成原來模樣，要再去買新的。」
晏笙點頭表示理解，並將塑土遞回給阿奇納。
「塑形有兩種方法，一種是精神力抽絲法，就是將精神力注入塑土裡面，然後將塑土分批抽取塑造，精神力比較弱小，或是要製作的東西比較精細的時候就用這種方式，缺點是耗費的時間長……」
阿奇納一邊解說、一邊進行示範動作，讓晏笙可以看著實物變化，理解兩種方式的差異。
「另一種是精神力覆蓋法，就是用精神力將塑土全部包裹起來，整體一起塑形，不分批，精神力強大的人都會選擇用這種方法，比較快……」
塑土一下子被抽成無數條細絲，而後層層疊疊地盤繞，變成一顆毛線球；一下子又像是被一隻無形的大手揉捏，轉眼間就變成一個十公分高的小人偶，人偶的樣貌跟晏笙一模一樣。

阿奇納示範完畢後，順利獲得任務完成的獎勵，他開心地將塑土遞給晏笙，讓他嘗試。

晏笙使用了較為保守的精神力抽絲法，一縷縷、一絲絲地構築自己想像中的物品，沒有冒進。

他耗費了兩個多小時，這才塑造出一隻小貓，小貓的樣貌與阿奇納相似，但是卻比阿奇納的獸形更加稚嫩、渾圓。

「我才沒有這麼胖！」阿奇納抗議道。

「這是一種叫做Q版的風格。」晏笙解釋道：「Q版的設計都是把人或物體變成二頭身、三頭身模樣，你不覺得這樣看起來很萌、很可愛嗎？」

晏笙將Q版貓遞到阿奇納面前，讓他可以看得更加清楚。

「這樣哪有可愛？它根本就是一隻胖幼崽！我才不是胖幼崽，我是壯幼崽！」阿奇納鼓著腮幫子，表情彆扭地說道。

他小時候就是被餵養得圓圓胖胖，比部落裡頭其他幼崽都要圓胖，他阿姐和阿爸都拿這件事情取笑他，阿姐還經常將他當成球玩，按著他在地上滾來滾去，這是他一輩子的黑歷史！

晏笙不明白阿奇納的糾結，但是他從阿奇納強調的話語中判斷出，阿奇納大概是小時候曾經胖成圓球，或許曾經遭受過嘲笑，他才會這麼排斥。

晏笙小時候也有類似的經歷，所以他可以感同身受。

「我挺羨慕胖胖的人。」晏笙散去塑土上的精神力，讓塑土恢復成原形。「我小時候身體不好，經常生病，小孩子一生病就會變瘦，所以我小時候都是瘦瘦小小的模樣，有些人就說我長得像筷子，好像一折就斷……」

還有一些鄰居、親戚背地裡說他大概養不活，語氣中的憐憫讓他很不舒服。

「就算後來身體健康了，我的食量還是很小，還是長得很瘦，所以我特別羨慕長得胖胖壯壯，食量大、很能吃的人。」

他垂眸揉捏著塑土，用精神力將它重新塑造成一隻小貓，只是這隻小貓沒有先前的圓滾，是屬於正常體態。

「我最喜歡看大胃王比賽和各種吃播，吃播就是主播在鏡頭前表演吃東西。」

指尖輕撫著塑土小貓的腦袋，晏笙露出了溫和、柔軟的笑容。

「我小時候很崇拜那些大胃王，覺得他們好厲害，可以吃好多東西，而且什麼都能吃，不像我，這個會過敏不能吃，那個太過寒涼要忌口……」

阿奇納聽著晏笙的話，心底的那點小疙瘩也去除了，反而覺得自己很厲害。

連晏笙也崇拜他呢！

——是的，阿奇納已經將自己代入那些大胃王，認為自己就是晏笙崇拜的對象。

阿奇納的眼睛瞄向晏笙手中的「瘦貓」，現在他又覺得剛才的胖貓比較好看了。

「這隻貓太瘦、太弱了。」阿奇納撇嘴，完全忘了剛才是誰說要一隻正常版小貓，「剛才那隻壯貓比較像我，我小時候就是圓圓胖胖的，好看又強壯！」

晏笙也沒有反駁他，面帶微笑，從善如流地重新捏造。

「我小時候吃很多，一頓要吃掉好幾桶的肉，食量比我阿爸還大呢！」阿奇納甩動著尾巴，頗為自豪地說出過往戰績，「那些大人都誇我，說我很能吃、很棒！說我這樣壯壯的崽子才是好崽子！」

阿奇納高高地仰著頭，毛茸茸的胸膛挺起，一副霸氣得意的驕傲大貓模樣。

這樣的阿奇納實在是太可愛了，要不是手頭不方便，晏笙真想揉揉他的臉。

新捏造的小貓就按照阿奇納的驕傲模樣出現，阿奇納非常滿意，連忙掏出定型液讓晏笙塗上，把這隻「驕傲的小貓」永遠留存。

得到任務完成的提醒後，晏笙將小貓送給阿奇納，掩嘴打了個呵欠。

「好累，我想睡了。」

今天遭遇了不少事情，不管是精神或是體力都消耗不少，晏笙的體能支撐不住，先前的精神勁過後，臉上隨即流露出疲態。

阿奇納隨即變回人形，貼心地鋪好兩人的睡袋。

晏笙鑽進柔軟舒適的睡袋後，不到幾秒鐘就沉沉睡去。

一夜無夢。

第二章
達格利什和
布奇麗朵來啦！

往後幾日，晏笙和阿奇納一邊找尋著雨時花、一邊完成各種隨機任務。期間，他們還遇見幾波想要「殺人越貨」的人，那些人全被他們聯手反殺，失土長眠於黑瀝的沙塵之中。

殺死第一個人時，晏笙心底有些不舒服，並不是因為他心軟，或是覺得這些人不該殺，這種不適純粹是生理反應。

對方都對他和阿奇納兩個未成年人下手，想讓他們死在這片沙漠中了，他又怎麼可能會不反擊？

後來在阿奇納的開導和陪伴中，又接連遭遇了幾批貪婪、殘暴的匪徒後，他也就適應了。

隨著雨時花越來越難找，兩人搬離了原先的地點，往外遷移了幾十公里，來到一處聳立著壯闊岩石群和大堆巨獸骸骨的位置。

這裡並沒有尋找雨時花的人聚集，這裡似乎被他們認為是「荒地」，不會有雨時花的蹤影。

阿奇納信任晏笙的眼光和運氣，認為晏笙既然想在這個地方紮營，就算找不到雨時花，肯定也會有其他發現。

晏笙將遍布沙漠的巨獸骸骨全都收進商城空間，將它們一個個上架，根據巨獸的身分來歷和骸骨用途，系統橘糰給出的定價不一，有一整具巨大骸骨只販賣幾千星幣的，也有幾根肢骨就賣出幾萬星幣……

晏笙曾經考慮過，要不要將定價範圍上調？將折扣縮小到九折。

畢竟他們可是要儲存購買一個星球的數額呢！商品的定價要是太低，他們要賺到什麼時候？

可是晏笙又想到，他這個商店才剛起步，還在推廣和打名氣的階段，薄利多銷可以讓顧客因為便宜而關注他的店，回頭客一多，名氣自然就可以口耳相傳地推廣出去，要是價格調高了，也許關注的人就不會那麼多了。

之前因為病毒的關係，萬宇商城免除他一年的廣告費用，晏笙已經讓商城給店鋪進行廣告宣傳了，只是看到廣告進入商鋪的客流量雖然多，卻因為他的商品種類不夠豐富，商品等級也不夠高端，客人只是稍微逛逛或是買上一、兩樣就離開，願意關注商店，將商店收入採購名單中的顧客並不多。

晏笙已經跟阿奇納討論過了，等到雨時花季結束，離開黑瀝地區後，他們就到各個區域旅行，一方面是搜尋商品貨源，另一方面是完成旅行的隨機任務。

這一天，天氣難得從雨天轉為陰天，兩人特地找了一塊平坦又巨大的岩石當成用餐處，在巨岩上鋪了隔水墊、餐墊和平日用餐的矮餐桌，準備要一邊欣賞風景、一邊吃早餐。

就在兩人買好早餐時，他們的營地來了兩名訪客。

「嘿！好久不見！」達格利什笑嘻嘻地朝他們揮手。

他坐在形似駱駝，但是體型比地球的駱駝還要大上一倍的坐騎上，他的身前坐著一名穿著長斗篷的人，這個人是側坐的，整張臉都被斗篷的兜帽遮住，身體也籠罩在斗篷下，只露出纖細的雙腳。

從對方的身形看來，這個人應該是個孩子或是身形特別嬌小玲瓏的種族。

晏笙還注意到，這個人的背部隆起一大圈，像是背後揹了個行囊一樣——後來晏笙才知道，她不是揹著行囊，而是背後長著一對據說是發育不良、沒辦法飛行的小翅膀。

「你們怎麼會跑到這邊？這裡有雨時花嗎？」

在晏笙他們「搬家」時，達格利什也接到他們的新位置，這才能夠順利地找到這裡來。

達格利什抱著懷裡的小斗篷下了坐騎，幾個縱躍就跳到晏笙他們所在的大岩石上。

「嘿！這些早餐可真豐盛，我跟布奇麗朵也還沒吃，加我們兩個沒關係吧？」

達格利什嘴上詢問，動作卻是毫不客氣地坐在阿奇納和晏笙的對面，中間隔著一張餐桌和一堆美味的食物。

他沒有放開懷裡的斗篷人，而是直接讓對方坐在他的腿上。

「歡迎。」晏笙溫和地招呼著兩人。

他點開商城系統，又買了好幾份餐點，並為兩人倒了果汁。

「……」斗篷人低垂著腦袋，似乎沒有注意到放到她面前的果汁。

達格利什見狀，將果汁杯放到她手上，輕聲叫她喝，埋在斗篷兜帽裡的腦袋動了動，這才從斗篷裡伸出兩隻小小的手，雙手捧著果汁杯，小口小口地喝了起來。

「你真慢！」阿奇納毫不客氣地吐槽。

「我們已經夠快了！」達格利什忍不住對他們大吐苦水，「這裡又不能坐飛行器進來，只能坐當地的坐騎，又剛好遇到雨時花季，坐騎都被出租出去了，我們找好久才找到一隻！」

說得口乾舌燥的達格利什，在灌下一杯果汁後又繼續說道。

「你知道在下著大雨的沙地上趕路有多麼痛苦嗎？雨水打在臉上就像是被人

搧巴掌！這隻坐騎又很任性，牠會自己偏移路線去找食物，還會莫名其妙地停下來不走，一定要給牠糖吃牠才願意繼續走！」

達格利什他們的大駱駝抵達營地後，就自動自發地跑去跟兩隻攀岩跳羊坐騎窩在一起，吃著跳羊們分享的糖果，聽到達格利什的埋怨，牠掀了掀厚實的上唇，露出雪白的牙齒，朝達格利什的方向鄙夷地吐了口口水。

大駱駝：吝嗇鬼！明明主人都說要餵我糖果，你卻非要我跟你討才要餵！要不是看在小女孩的份上，我早就把你掀翻了！

達格利什不清楚大駱駝的心思，還在跟阿奇納他們抱怨。

「……我叫牠往左邊走，牠非要往右邊，好幾次我都想要自己扛著牠跑！」

「你扛不動。」阿奇納不以為然地瞥了他一眼。

他們租賃的坐騎是雙人坐騎，重量有五百公斤以上，達格利什的種族又不是以力量著稱，他怎麼可能扛得起這樣的龐然大物！

「我說的是『想』！又沒說我真的要這麼做！」達格利什甩他一記白眼，「塔圖力氣大就了不起嗎？小心我用幻術把你困在這裡！」

「呵呵，你困不住。」阿奇納可不怕他。

雖然普羅頓斯部落的幻術厲害，可是那也要看人啊！

像達格利什這樣，還沒有完成成年試煉，跟阿奇納一樣都是來次元星域歷練的人，大家的水準都是半斤八兩，單純以武力值來說，阿奇納可是遠勝於他。

「誰說我困不住？你以為我還是以前的我嗎？看清楚，我晉級了！」

達格利什上身前傾，指著自己的眼睛讓阿奇納看仔細。

達格利什的眼瞳花紋，從三葉的綠色酢漿草變成了四個心形呈十字形連接在一起的幸運草。

「你、你怎麼會晉級了？」阿奇納頓時炸毛。

按照他所了解的情況，普羅頓斯人都是要等到完成次元星域這裡的歷練以後才會晉級的！

「這就要感謝親愛的晏笙啦～～」

達格利什朝晏笙拋了一記媚眼，而後將晏笙空釣釣到千眼珊瑚，並將千眼珊瑚賣給他的事情說了。

也因為達格利什帶回千眼珊瑚這樣的好東西，給族裡做出大貢獻，族長和長老們為了獎勵他，便將他加入使用千眼珊瑚的名單之中。

有了千眼珊瑚的助力，本來就資質優秀的達格利什自然就順利晉級了。

照理說，晉級後的達格利什不用再度回到次元星域，但是因為諸多原因，他還是來了。

「我們族長和長老們都很感謝你，族長還讓我跟你說，以後你就是我們普羅頓斯部落的朋友，等你可以離開這裡的時候，歡迎你到我們普羅頓斯部落遊玩！」達格利什語氣誠懇地說道。

「去普羅頓斯部落玩當然好，不過我並沒有為你們做什麼事情，我只是跟你做了交易，收了貢獻點的，你們不需要跟我道謝……」晏笙客氣地說道。

「怎麼會沒做什麼事？千眼珊瑚可不好找，就算有人抓到了，我們也不一定能買到……」達格利什認真地說道：「尤其那隻千眼珊瑚還是活的，用活的千眼珊瑚製藥，藥效更好！」

達格利什還有一件事情沒能說出口。

在他帶回千眼珊瑚後，部落長老們進行了檢驗，他們發現那隻千眼珊瑚是活了數萬年的「極品」！市售價格是當初達格利什給的價格的一百倍！

而且是有價無市！買都買不到！

達格利什本想補上這不足的差價，卻被族長和長老們制止了。

透過直播，普羅頓斯部落獲得千眼珊瑚一事已經被廣為人知，要是被其他部落得知他們拿到的是極品珊瑚，肯定又會惹出一堆麻煩。

百嵐聯盟的各部落可不是全然的友好關係，彼此間還是存在競爭的，這麼重要的機密當然要守好，不能外洩。

達格利什對晏笙有些愧疚，但是為了自家部落，他也只能選擇隱瞞。

不過族長和長老們也說了，以後他們會關注晏笙的直播，用打賞和給禮物的方式盡量將缺額補回，要是晏笙遭遇了什麼困難，他們也會暗中給予援助。

「對了，這位是我阿妹，布奇麗朵。」達格利什輕拍布奇麗朵的肩膀，語調溫柔地說道：「阿妹，我們把斗篷脫掉好不好？」

「……」布奇麗朵縮了縮身體，似乎有些抗拒。

「阿妹別怕，他們兩個都是好人，會像我一樣對妳很好的。」達格利什安撫著她，並暗中朝晏笙和阿奇納使眼色示意，希望他們能夠表達善意。

「妳好，我叫做晏笙，是天選者。」晏笙學著達格利什，放柔了說話語調。

「我是塔圖部落的阿奇納。」阿奇納朝布奇麗朵點頭打招呼。

「……」布奇麗朵安靜了幾秒後，才輕聲開口：「你們好，我是布奇麗朵。我是靈迦和美比亞菲部落的混血兒。」

「布奇麗朵，這個名字真好聽。」晏笙笑著稱讚。

「阿妹，我們把斗篷脫掉好不好？」達格利什再度詢問，後者依舊縮了縮身體，用沉默表示抗拒。

「沒關係，她要是覺得這樣比較舒服，就讓她穿著吧！」晏笙出面打圓場，「你們應該餓了吧？快吃早餐吧！這些餐點可是我跟阿奇納總結出來，最好吃的前五名！」

他表情誇張地比出一隻手掌，之後又說起他和阿奇納嘗試了多少食物，有些食物看起來漂亮，實際上是黑暗料理，那些外星人的口味太過神奇⋯⋯

晏笙嘻嘻哈哈地表演著他們吃到那些詭異料理的反應，阿奇納也充當捧哏的人，跟晏笙一搭一唱地說著，達格利什被兩人逗得哈哈大笑，一直保持沉默的布奇麗朵也噗哧一聲笑了出來，而後又馬上摀住嘴巴，縮起身體。

即使只是這樣的反應，也讓達格利什驚喜萬分，臉上的笑容更加燦爛了。

一頓早餐吃完，現場氣氛融洽不少，布奇麗朵也在達格利什的勸說中，將斗篷的帽兜拿下。

布奇麗朵看起來約莫十二、三歲，五官精緻漂亮又帶著點稚嫩的嬰兒肥，一頭柔美的粉橘色長髮披肩，琥珀色眼睛下是四條黑色紋路，略寬的黑色線條順著臉頰往下，像彎月一樣地勾起，形成特殊又別致的圖騰紋路。

「妳真好看。」晏笙真摯地誇讚。

「……」布奇麗朵低垂著腦袋，不肯跟人對視，也不曉得是心情不好不想理人，或是她對陌生人畏懼和排斥。

達格利什也沒有因為她不回話而責備她，他摸了摸她的小腦袋，跟晏笙他們介紹起布奇麗朵的來歷。

「她的母族是美比亞菲部落、父族是靈迦部落，我們家的阿祖那輩跟她阿爸的家族有聯姻……」

百嵐聯盟的親戚關係相當直白簡單，沒有什麼堂妹、表妹的稱呼，親戚家的孩子跟自家的孩子都是一樣叫阿哥、阿妹，所以達格利什才會說布奇麗朵是他的阿妹。

「布奇麗朵還小的時候，獵盜闖進來偷孩子，被人發現，雙方打了一場，布奇麗朵那時候看見不少人受傷流血，她的阿母為了保護她和其他孩子，犧牲了……」

布奇麗朵的母親就死在布奇麗朵面前，對當時年紀還小的布奇麗朵來說，是相當大的打擊。

「她被嚇壞了，有一段時間她都是縮在房間角落，抗拒別人靠近，不管是誰靠近她，她都會害怕得發出尖叫，就連她的阿爸也無法碰觸她，只有比她小或是比她矮的孩子接近她，她才不會太過排斥，但是她也沒有理那些孩子，完全把自己封閉起來，不玩、不笑、不說話……」

聽到這裡，晏笙便知道，這小女孩應該是有了心理創傷或是後天性自閉症，對她不禁產生了憐惜，但他並沒有讓這樣的情緒顯露出來，表面上依舊維持正常的神情。

他希望給予孩子尊重和友善，而不是憐憫。

「她的阿爸想盡各種辦法，想要治好她，後來找上我們，讓我們用幻術為她治療，讓她回想美好的畫面，淡化那些血腥的記憶，經過好幾年，她終於像個孩子一樣，會主動接觸家人、會看書學習、會跟部落裡要好的孩子玩耍……」

想起布奇麗朵的阿爸和家人這些年的努力，達格利什也頗為感慨。

「只是光是這樣還不行，她總是需要獨立生活，過幾年她就要來次元星域這裡進行歷練了，我先帶她過來熟悉環境，希望她熟悉以後可以獨當一面……」

他們也算是為布奇麗朵操碎了心，連幾年後的情況都替她預先考慮到了。

「她的阿爸呢？怎麼沒有陪著一起過來？」晏笙好奇地詢問。

「她的阿爸在其他星球工作，沒辦法過來。」達格利什解釋道：「不過就算沒有同行，布奇麗朵的阿爸也會天天跟她通訊。」還會天天觀看達格利什的直播，了解女兒的情況。

布奇麗朵因為年紀還不到歷練年齡，是被特許進入次元星域的，所以她並沒有直播系統。

「你們之後有什麼安排嗎？」阿奇納問道。

「這個……」達格利什遲疑了一下，才苦笑著搖頭，「我也沒有什麼規劃，就想著帶布奇麗朵到處逛逛，讓她熟悉環境。」

他在抵達次元星域後，一時之間也沒個目標，直到看見阿奇納他們的直播，這才想著帶布奇麗朵先來這裡逛逛，畢竟雨時花的生長也算是一項奇景，也算是讓她開開眼界。

「我們接了『旅行』和『結交新朋友』的隨機任務。」了解達格利什的想法後，晏笙開口提議道：「等到找完雨時花，我們會挑一些景點去旅行，要是你們沒有其他安排，或許我們可以一起走？」

「那就太好了！」達格利什爽朗地笑道：「我也擔心靠我一個人可能照顧不了布奇麗朵，能夠跟你們一起走也算有個照應。」

他一個人帶著布奇麗朵旅行，要是遇上麻煩，他不一定能顧及到布奇麗朵，現在能跟晏笙他們同行，彼此也能有個照應。

既然約定好要一起行動，晏笙自然要將他們的安排說清楚。

「因為我的職業是商人，有一個萬宇商城系統需要進行交易買賣，我們在旅行時，我會到處尋找商品貨源，會往市集和商店街跑，那裡人多，布奇麗朵可能會不適應，到時候我們可以分開行動，之後再約定時間地點會合……」

「好！這個沒問題！」達格利什不認為這樣的安排有什麼不好，布奇麗朵的情況確實要多加注意。

「還有，我跟阿奇納收養了三個孩子，他們過幾天就放假了，也會跟我們一起旅行。」

今天清晨醒來時，晏笙想起他們昨晚太累，沒有跟寶寶們進行日常通訊就睡著了，他擔心寶寶們會不安，連忙撥通通訊。

視訊光幕一開，見到的就是三個淚眼汪汪的小崽子，明顯已經哭過了。

晏笙著急地詢問他們哭泣的原因，這才知道，原來是因為他們昨晚沒有跟寶寶們進行通訊，讓等待通訊的三個崽子很擔心。

三個孩子本想熬夜等待，結果幼小的身體沒有足夠精力，三個崽子後來都迷迷糊糊地睡著了，直到通訊聲音響起才把三個寶寶驚醒。

看著三個哭哭啼啼、委屈巴巴的小崽子，晏笙和阿奇納慌張地哄了他們好一會兒，才將三個孩子的情緒安撫下去。

之後，晏笙困惑地詢問幼崽們，為什麼不直接打電話過來確認？一般孩子遇到家長失聯的情況，不都是直接通訊聯繫家長的嗎？為什麼寶寶們的反應卻是忍耐和等待呢？

大寶這才回答，他以為他們遇到危險，怕他們不方便接通訊，不敢聯繫。

晏笙這才知道，原來寶寶們雖然才剛出生不久，可是他們在蛋裡面是有意識的，在他們的家鄉陷入戰火時，他們就算沒能親眼看到外界的情況，卻也能感受到大人們的不安、悲傷、焦躁、憤怒等情緒，能聽到大人交談時的隻字片語。即使當時聽不明白，可是他們還是本能地將那場戰火、那些情緒、那些言語全都記在腦海深處，等到面臨相似的情況時，這些記憶就被重新翻找出來。

晏笙心疼小崽子們，連忙又安慰他們一番，又說只要崽子們想要聯繫他們，隨時都可以通訊，如果晏笙他們遇到不能通訊的情況，會自己將通訊調成靜音，等有空再回覆他們，讓他們不用顧慮太多。

阿奇納也說，等崽子們放假，他會買好多好吃的東西給他們吃，會帶他們到處旅行、到處玩耍，旅行途中他們還可以拍照、攝影，留下「全家出遊」的寶貴回憶。

他們又對大寶他們保證，說以後只要有機會，他們每次放假都會帶著他們玩，讓崽子們開心不已。

「大寶他們再過十幾天就放假了，他們說想要過來找雨時花，所以我們這段時間還是在這區域行動？」晏笙詢問著達格利什的意見。

「好。」達格利什贊同地點頭。

雖然這裡總是下著雨，濕淋淋又冷颼颼，讓人不喜，但是這裡人煙稀少，正好能讓畏懼外人的布奇麗朵有個適應期，先讓她跟晏笙和阿奇納接觸，之後再慢慢往人多的地方走。

等到布奇麗朵跟晏笙他們熟悉了，日後要是發生什麼意外讓他顧及不到布奇麗朵，他也還能託付給晏笙和阿奇納，不至於被這個問題困住。

「布奇麗朵，以後我們就要跟這兩個大哥哥一起旅行了，之後還會有三個小崽子加入喔！」達格利什摸了摸布奇麗朵的小腦袋，語氣溫和地對她說道。

「……」布奇麗朵抬頭看了達格利什一眼，並沒有做出回應，讓人弄不清楚，她有沒有將達格利什的話聽進去。

然而，以達格利什對布奇麗朵的了解，她會做出反應，就是將他的話聽進去了。

如果布奇麗朵不願意或是沒將達格利什的話聽進耳中，她肯定是像木頭人一樣，一動也不動，連一記眼神也不給你。

用餐過後，晏笙和阿奇納依舊到處尋找雨時花，他們也沒個目標，就是像玩耍一樣，這邊走幾步停下來挖一挖，那邊走幾步停下來挖一挖。

達格利什抱著布奇麗朵跟在他們身後，好笑地看著他們的「挖寶」行為。

看了一個多小時後，達格利什忍不住問道：「你們這樣挖，真能挖到東西？」

「有啊！不是挖到一堆了嗎？」阿奇納指著他們挖出的彩色石頭、不明動物骸骨和黑瀝地區特有的植物。

「我以為你們是在挖雨時花。」達格利什自然有看見他們挖出的東西，不過他以為那些都是翻找出的垃圾。

「我們也沒有非要找雨時花，畢竟那東西太過稀罕了，主要就是享受尋寶的樂趣……」晏笙解釋道：「而且這些東西也不是完全沒有價值，像這株看起來快枯死的植物，其實它還有個名字叫做『不死草』，是一種就算枯死了，只要給它一點水，它就能夠再度『復活』的草，生命力非常強大，而且它也是幾種藥劑配方裡頭會用到的主料……」

「這幾顆彩色的石頭是一種水晶和礦石的結合物，可以將它打磨成飾品，也能做成畫畫的顏料……」

「它還能吃！」阿奇納插嘴說道，並隨手拿起一顆咬下，「咔咔！這個吃起來咔咔咔！酸酸甜甜咔咔！還有點熱熱的咔咔！裡面應該有火系能量。」

「……」聽著阿奇納發出的咀嚼脆響，晏笙忍不住摀著臉頰。

不管看幾次，他都覺得阿奇納啃石頭的模樣實在是……讓人牙疼！

「塔圖的牙齒果然很堅固。」達格利什也忍不住齜牙咧嘴，而被他抱在懷裡的布奇麗朵則是瞪大雙眼、摀著嘴巴，像是看到什麼怪物一樣。

「你們怎麼啦？」罪魁禍首阿奇納眨了眨明亮的貓瞳，一臉的困惑。

「你還是吃糖果吧！」晏笙將一大包糖果全都塞入他懷中，阿奇納嘿嘿一笑，開心地收進空間。

當天晚上，跟崽子們進行通訊時，晏笙將他們這一日的收穫攤開在桌上，並逐一跟他們說明這些東西的名稱和用途。

「啾嘰！」大寶揮舞著短短的翅膀，「我也要撿好多、好多東西！嘰啾！」

「嘰嘰啾！骨、骨頭，棒！啾啾啾！」二寶對骨頭特別感興趣。

「啾一嘰一！我要漂亮石頭！」愛漂亮的小寶自然是喜歡色彩多的礦石。

「好，等你們放假，就帶你們來撿。」晏笙笑呵呵地答應道。

晏笙之所以撿這些東西給他們看，也是擔心雨時花難找，要是崽子們把目標放在雨時花上頭，乘興而來、敗興而歸的機率相當大，與其這樣，不如讓他們將「尋寶」目標放在較為常見的物品上，尋寶的熱情也不會被澆熄。

晏笙他們跟崽子們聊天時，達格利什也抱著布奇麗朵坐在一旁觀看。

既然以後要跟崽子們一起旅行，而布奇麗朵又對陌生人懷有不安，自然是先讓小同伴們熟悉一下比較好。

「這位小姐姐叫做布奇麗朵，大哥哥叫做達格利什，等你們放假以後，我們會跟他們一起旅行、一起玩喔！」晏笙為雙方做了介紹。

「啾嘰！達格利什、大哥哥嘰啾！布奇、麗朵、啾嘰！小姐姐好！我是大寶！最可愛的寶貝大寶！」大寶第一個打招呼，雖然話說得有些結巴，卻是表達得最完整的。

三個崽子在學校學習一段時間後，已經可以說一些簡單的詞句，而不是像以前一樣「嘰嘰啾啾」地叫個不停。

「嘰嘰啾！達格哥哥、布奇姐姐好！啾啾！我是，可愛噠二寶！」二寶省略了部分名字。

「嘰一？達、大哥哥？布、姐姐！好！小寶最漂釀！啾一！」小寶直接省略了名字，笑得又燦爛又甜，讓人看了心情也跟著好起來。

「……」布奇麗朵眨了眨眼睛，長長的眼睫毛一顫一顫地，似乎有些不安。

晏笙以為她還是跟先前一樣，畏懼跟陌生人打交道，又或者是崽子們的熱情嚇到了她，正想出面打圓場時，一聲輕細柔軟、又微微有些沙啞的嗓音出現，打斷了他的話。

「你、你們好。」布奇麗朵的粉色嘴唇微張，聲如蚊蚋，不仔細聽還真是聽不清楚。

「啾嘰？小姐姐說話了嗎？」

大寶湊到鏡頭前詢問，二寶和小寶也跟著過來，三隻粉白色的圓胖小雞擠在一起，看起來真是極為可愛，讓人恨不得將他們抱在懷裡。

「啾啾？布奇姐姐說什麼啾啾？」二寶歪著小腦袋問。

「啾一！小姐姐是在誇我好看嗎？」自戀的小寶摸了摸頭頂上的那根奶黃色冠羽，圈著冠羽的光圈也隨之搖晃。

「我、我是布奇麗朵。」布奇麗朵的小手握成拳狀，緊張地盯著光幕說道：「你們好，我、我喜歡圓圓噠小雞崽崽，可愛！」

「啾嘰！布奇麗朵大姐姐說我圓滾滾，很壯噠！」大寶得意地挺起小胸膛，冠羽隨之翹了翹。

「啾啾！是圓圓噠、可愛噠！是誇我！啾嘰啾！」二寶糾正了大寶的錯誤，又搶著承認被誇獎人的名頭。

「啾一，是誇小寶、可愛！是小寶！嘰一！」小寶在鏡頭前滾來滾去。

「啾！是誇我！不信問大姐姐！」大寶不服氣地說道。

「大姐姐，我最可愛、最喜歡我！對吧？啾？」二寶的臉直接貼到光幕上，試圖用眼神讓布奇麗朵認同。

「啾一嘰一！迷迷是窩！窩最可愛、最漂釀噠！啾一！」小寶撞開了二寶，著急得連話都說不清楚。

「嘰啾！姐姐、最～～喜歡大寶！大寶最強壯！」

「啾啾啾！喜歡，二寶！最可愛！」

「啾一！小寶，最漂釀！噠噠、嘰一！」

三個小傢伙在光幕前擠來擠去，像毛茸茸的小球一樣撞來彈去，看起來有趣極了。

「噗哈哈呵呵……」布奇麗朵爆出一連串的笑聲，露出這一天來的第一個笑容，「都、都可愛，都喜歡，你們都、都棒棒噠！」

受到誇獎的三隻崽子開心得又蹦又跳，跟布奇麗朵嘰嘰喳喳地聊了起來，雙方彷彿一見如故，什麼話題都能聊，即使對話雞同鴨講，他們也是能夠自己將話題接上，聊得相當歡快。

達格利什覺得很欣慰，他帶布奇麗朵前來這裡，背負的壓力也不小。

家人對於布奇麗朵的未來很擔心，因為他們已經對布奇麗朵施行過好幾次幻術，已經到達了極限，布奇麗朵能夠依靠幻術改善的情況就到這裡了，可是光是能夠跟家人和族人相處還不夠，她總該要有自己的一片天空。

這次家人會讓達格利什帶著布奇麗朵跟晏笙他們接觸，一來是因為晏笙有部落聖靈的賜福，部落的崽子會對他有天然的好感，擁有一半美比亞菲部落血脈的布奇麗朵對他應該不會排斥；二來是因為晏笙對他收養的崽子很溫柔，他們認為晏笙應該會有耐心照顧布奇麗朵；三來是因為晏笙的氣運極好，他們想著，要是布奇麗朵跟晏笙相處，應該也能沾沾好運，讓她的未來更好。

不過達格利什的家人也做好了心理準備，要是布奇麗朵對次元星域不適應，或是遇到什麼人、受到什麼不好的刺激，讓她排斥外人的情況變得嚴重，達格利什會立刻將她帶回部落，家人也會替布奇麗朵向族裡提出「免除歷練」申請。

只是這樣一來，布奇麗朵這一輩子就只能待在部落族地，不能遊覽這個遼闊的宇宙了。

幸好，這個最糟糕的預想並沒有發生。

果然，跟晏笙這個幸運星在一起，做什麼事情都會很順利！

達格利什悄悄地看了晏笙一眼，心懷感激。

晏笙不清楚達格利什的想法，不過他對布奇麗朵也有著相似的擔憂。

聽完布奇麗朵的過往後，他在思考該怎麼跟布奇麗朵相處，畢竟以往在網路上看到的相關資訊分享，都顯示著需要對他們付出極大的耐心和毅力，而且不能過於熱情主動，因為外人的過度好意對他們來說也是一種負擔。

他沒想到，布奇麗朵竟然跟崽子們相處得這麼融洽，要是沒有今天白天的相處，只看著現在正在聊天的她，根本不會覺得她有什麼異常。

以後就讓寶寶他們多跟布奇麗朵相處吧！

晏笙決定讓寶寶他們去影響布奇麗朵，他自己則是像現在一樣，待在旁邊圍觀就好。

直到夜幕低垂，孩子們才一邊打著呵欠、一邊依依不捨地道別，還做好了明天繼續聊天的約定，讓旁觀的三個大人覺得頗為有趣。

第三章
家庭出遊

因為他們所在的位置無法使用飛行器，為了接大寶他們過來，晏笙他們需要先騎著坐騎前往周邊城鎮，之後再經由傳送陣前去接人。

隔天早上，他們就開始慢慢地往外圍移動，目的地是他們最初進入黑瀝沙漠的入口。

往外移動的過程中，晏笙也不忘沿路撿拾東西，阿奇納取笑他是沙漠中撿垃圾的，晏笙自己則是打趣地說「拾荒客」這個稱謂比較合乎他的氣質，聽起來比「撿垃圾的」高級。

阿奇納嘴上調侃，但是行動力卻比晏笙敏捷，他的視力比晏笙好，往往都是他第一個先發現東西，第一個幫晏笙撿回那些「垃圾」。

達格利什嘲笑阿奇納口是心非，嘴上嫌棄，撿垃圾的速度卻比晏笙快。

晏笙則是說阿奇納是他的「最佳助手」，獎賞他一大袋糖果，讓他再接再厲。

阿奇納才懶得理會他們的調侃，抱著糖果吃得歡快。

用著比去程更快的速度，晏笙他們只花了三天就抵達入口城鎮。

他們先去向坐騎出租店的老店長延長租賃時間，而後才經由傳送陣前往百嵐城的服務中心。

跟先前一樣，由阿奇納前去護幼院接崽子，晏笙待在服務中心等待。

這次他不是一個人孤單地坐在咖啡館了，還有達格利什和布奇麗朵陪伴他。

想著崽子就要回來，晏笙開心地點了一桌子的糕點，準備讓崽子們大吃一頓。

當飲料和糕點被端上桌時，阿奇納也帶著三隻小崽子過來會合了。

「啾嘰！小爸！我們回來惹，有沒有想我們？啾嘰！」

「啾啾！小爸，我好想你，喔喔！好多蛋糕！」

「啾一，小帕，親親，吃糕糕！」

三隻小崽子撲騰著小翅膀，飛進晏笙懷中，一起糊了他滿臉的口水，也讓晏笙笑得合不攏嘴。

「哎呀！你們都長大了呢！」

晏笙用手掂量他們的體重，發現他們的身體都比之前沉，體型也大了一圈。

「嘰啾！我們要快快長大，保護小爸！」大寶很是暖心地說道。

「嘰啾啾！快點長大，陪小爸玩！」二寶蹭了蹭晏笙的臉頰。

「嘰一……長大大，漂釀釀！」小寶爬到晏笙的腦袋上趴著，這裡是他最喜歡的地盤。

「布奇麗朵小姐姐跟達格利什大哥哥也來接你們喔！」晏笙指著坐在他身旁

的兩人，示意崽子們打招呼。

布奇麗朵依舊用斗篷將自己遮得嚴嚴實實，一根髮絲都沒有露出來。

大寶三隻崽子順著桌面跑到布奇麗朵面前，仰著腦袋透過兜帽縫隙打量了一會，這才認出布奇麗朵的模樣。

「嘰啾！小姐姐，妳有沒有想我？」

「啾啾！小姐姐，我好想妳！」

「啾一，漂釀姐姐！」

跟先前撲晏笙一樣的流程，三隻崽子撲到布奇麗朵身上，親親熱熱地跟她打招呼。

「你、你們好……」

布奇麗朵擔心他們會掉下去，連忙用雙手將他們兜住，臉頰因為崽子們的親近微微泛紅。

大寶動作飛快地飛到她的肩上，把遮擋視線的兜帽一掀，布奇麗朵的臉蛋就曝光在陽光下。

「嘰啾！小姐姐妳好漂亮！我喜歡妳！妳以後嫁給我好不好？」

「啾啾啾啾！不行！小姐姐是我噠！」

「啾一嘰一！漂釀姐姐是我噠！我噠！」

「……」布奇麗朵的臉更紅了，她僵硬著身子，不知所措地看向達格利什。

「你們硬毛都還沒長出來就想找伴侶？」達格利什掌心虛攏，將三隻崽子抓在掌心，「這個漂亮小姐姐是我家的，你們三隻臭崽子給我保持距離，別想趁機親近！」

「嘰啾！」大寶掙脫不了達格利什的手掌，眼睛溜溜地一轉，緩緩地躺倒在達格利什的掌心，發出虛弱的慘叫。

「痛痛、痛痛！大爸、小爸，有壞人打我！好痛嘰嘰！」

「啾！哥哥被打了？」二寶生氣得炸毛，用稚嫩的鳥喙啄著達格利什的手。

「嘰一？」小寶困惑地歪著腦袋，這個大哥哥好像沒有打大寶啊……

不過大寶總歸是自家哥哥，小寶自然是要同仇敵愾了。

「啾一！壞人！咬你！」小寶開始啄咬達格利什的手心。

「欸欸欸！別咬！」

達格利什才想放開合攏的雙手，放崽子們出來，布奇麗朵就朝他撲來，將三隻小崽子「救出」。

「不可以，欺負崽崽！崽崽很、很乖！」

布奇麗朵瞪大雙眼，奶兇奶兇地恐嚇，不嚇人，反倒有幾分可愛的萌態。

達格利什誇張地摀著心口，委屈地控訴：「親愛的朵朵，妳竟然兇我？哥哥是那種欺負小崽子的人嗎？」

「……」布奇麗朵面露猶豫。

她認識的達格利什確實沒有欺負過小崽子，可是剛剛大寶慘叫了啊……

「嘰啾！他欺負我！腳腳痛痛、手手也痛痛！」大寶抓緊布奇麗朵猶豫的時機哭喊，還將沒有絲毫外傷的小翅膀和鳥爪子遞給布奇麗朵看。

「啾啾！壞哥哥欺負崽崽！」

「嘰一……壞壞！」

「大哥哥是壞人！」布奇麗朵這下子堅定了意志，站到崽崽們這方。

她將三隻崽子放進斗篷的口袋中，又拖著座椅往旁邊走了幾步，遠離達格利什，讓對方不能再「欺負」崽子。

晏笙看得好笑，他自然知道達格利什沒有傷害到大寶他們，卻也沒有為達格利什求情。

——小孩們有個共同的「敵人」，也能夠促進他們的感情。

達格利什表面上雖然一副「我無辜、我委屈」的模樣，心底也為了布奇麗朵的「活潑」而暗暗高興。

待在族裡的時候，布奇麗朵可沒有這麼鮮活的表情！

比起安靜、乖巧的布奇麗朵，達格利什更喜歡這個會瞪他，會奶兇奶兇地對他生氣的布奇麗朵。

阿奇納懶得理會崽子們的吵鬧，他一坐下就專注吃著桌上的糕點，很快就掃光一大半。

「嘰啾！蛋糕要被大爸吃光了！小姐姐、二寶、小寶，我們快吃！啾嘰！」大寶發現糕點減少，連忙呼喊著其他人快點搶食。

「啾啾！大爸壞！搶糕糕！」

「啾一！壞！姐姐，快吃！嘰一！」

崽子們鑽出布奇麗朵的口袋，撲向桌面，自己搶食的同時也不忘給小姐姐和晏笙搶上一份。

布奇麗朵有些不知所措地拿著崽子們塞給她的點心，這是晏笙買的，她不曉得自己能不能吃、應不應該吃，最後還是在晏笙的點頭微笑和大寶他們的催促聲中一小口、一小口地吃了。

吃完這頓介於早餐和午餐之間的「上午茶」後，他們移動到商店區，採購崽子們會用到的各種旅遊設備，像是小睡袋、小水壺、孩子專用的藥品和洗浴用品、防護性強大的衣服、緊急保護裝備等等。

在採買東西方面，阿奇納第一次跟晏笙出現分歧。

「你買太多了，這些保護用品買個幾樣就行了。」阿奇納皺著眉頭說道。晏笙採買的數量實在是太過誇張，光是保護用品就買了幾十樣，把大寶他們從頭武裝到腳。

「他們還小，當然要好好保護。」晏笙不認為自己的舉動有什麼不對。他的行為就跟地球的父母一樣，希望給孩子們最齊全的照顧，他不希望等到意外發生時再來後悔自己設想不周到。

「黑瀝那裡可不安全，我們之前不是被搶過幾次嗎？要是之後又遇見了呢？」晏笙皺著眉頭說道。

「所以我沒叫你不要買啊！」阿奇納回道：「我只是覺得你買太多了，大寶他們並沒有那麼弱。」

在阿奇納看來，晏笙給大寶他們買那麼多保護用品，那就是變相地認為崽子們很弱，將心比心，如果他被大人們這麼看輕，他肯定會很生氣，也會很傷心。

塔圖部落雖然也會保護崽子，可是他們也會讓崽子們適當地摔打。塔圖人認為，只有摔過、痛過，崽子們才能學習到該怎麼保護自己。

像晏笙這樣，把大寶他們全身都保護得好好的，就算他們摔了也不會覺得疼痛，以後要是他們在沒有防護的情況下遭遇危險，他們連基本的自我保護都不會！

舉個最簡單的例子：有經驗的人都知道，摔倒時，最好是屁股先著地，因為那裡肉最多，可以減輕傷害；比起五體投地的摔趴，不如讓膝蓋、大腿、屁股等處先著地，用以緩衝……

種種自我保護的舉動，都是要經歷過或是有人特別教導才行的。

而現在，晏笙和阿奇納的觀念分歧，就處於阿奇納認為要「實戰」，讓崽子們實際體會，而晏笙卻覺得可以做好防護後，進行理論上的教學。

阿奇納認為理論不可靠，把身體鍛鍊出直覺反應才是最穩妥的。

晏笙卻覺得直接用身體去鍛鍊會留下各種傷勢，要是這些傷害轉成了暗傷，隱藏在體內，在未來的某一天爆發了該怎麼辦？

直播間觀眾津津有味地看著他們的爭執，彈幕也飛快地出現各種爭論。

這兩種觀念其實也是家長和幼教師都在探討和研究的，兩種觀點都有它的支持者，誰也說服不了誰。

兩人越吵越激烈，大寶他們露出了不安神情，達格利什見狀連忙出面打斷他們。

「你們都是為了崽子好，這兩種方式也各有優缺，既然這樣，為什麼不聽聽崽子們的意見？看看他們喜歡哪一種？」

阿奇納和晏笙也覺得可行，便轉頭詢問大寶他們的想法。

「嘰啾，都、都可以，我們都會乖乖地學，大爸、小爸，你們不要吵架……」大寶抽抽噎噎地說道。

「啾啾，吵、吵架不好，二寶很擔心，二寶很難過。」二寶眼底泛出水光。

「啾——！吵架，難過，哭哭，嘰——啾——……」

崽子們一開始還強忍著情緒，說到最後卻是淚眼汪汪，二寶更是「哇」的一聲哭出來，把晏笙和阿奇納嚇了一跳，連忙抱住崽子安撫。

「我們沒有吵架，我們只是在討論。」晏笙自責地摸摸崽子們的腦袋。

「對，我們只是說話聲音比較大聲，沒有吵架……」阿奇納連忙點頭附和。

「啾？真的沒吵架？」

「沒有！」

「我發誓，我們真的沒吵架！」

晏笙和阿奇納雙雙保證道。

他們也確實不認為自己在跟對方吵架，只覺得是在「討論」而已。

一場關於教育的風波就這麼消散了，大寶他們也破涕為笑，氣氛再度歡快起來。

「嘰啾！大爸、小爸，我知道你們是為我們好，而且我們也覺得你們說得都對。」大寶仰著小腦袋，一副老氣橫秋地說道：「我們老師說，要是遇到不明白、不懂的事情，那就嘗試著做做看，或許做了就會懂了啾！你們都說你們的安排比較好，那為什麼不一起試試看呢？我們可以穿著小爸買的裝備跟大爸一起訓練，那不就好了嗎？啾！」

「啾啾！對噠！一起就好了呀！啾啾嘰！」二寶附和地點頭。

「啾一，這麼簡單的問題，不知道你們為什麼要吵架，笨笨嘰一！」小寶搖晃著小腦袋，一副「無法理解你們這些凡人」的模樣。

既然崽子們都這麼說了，晏笙和阿奇納自然也就接納他們的意見，順著他們的想法行事。

一行人再度返回黑瀝地區，在老店長那裡領了坐騎後，他們又回到先前的出入口。
「你們想往哪邊走？」晏笙問道。
在這之前，他已經跟崽子們說好，這趟行程怎麼走由他們決定。
幾個小崽子和布奇麗朵湊在一起，嘀嘀咕咕了一會兒。
「嘰啾！走這邊！」大寶指著左邊說道。
「布奇麗朵，為什麼你們選這個方向？」達格利什故意詢問道。
其實他也不是真想知道答案，只是想讓布奇麗朵多說一些話而已。
「漂亮！」布奇麗朵眨著水汪汪的眼睛，一本正經地回道。
「嘰一！左邊比較漂亮嘰一！」小寶補充說道。
「漂亮？」達格利什又仔細地看了一遍。
不管是左邊的路線或是右邊的路線，景色都是一樣的，全都是黑漆漆的土壞，這幾個小傢伙是怎麼看出左邊的路線漂亮的？
「要不要在這裡先拍幾張照片？」晏笙看著還算明亮的天色，笑著提議道。
雖然天上的雲層多了一些，但是光線也算充足，是個適合拍照的天氣。
「嘰嘰！要拍照！」崽子們歡快地應聲。
在晏笙的指揮中，大家拍了好幾張不同姿勢的合照。

照片中，天空被淺灰色雲層覆蓋，底下的黑色大地遼闊無邊，笑容燦爛的崽子們和朝氣蓬勃的少年、少女擠在一起，成了這片灰色調中的豔麗風景。

灰暗又明亮；荒涼又熱鬧；滄桑又鮮活……

強烈的對比讓照片產生一種獨特的藝術感。

他們像是在郊遊一樣，邊走邊玩、邊走邊尋寶，行進速度並不快，直到傍晚時分，眾人準備搭營休息時，竟然才走了二十幾公里。

他們可是騎著坐騎行動的！

攀岩跳羊的行走速度是每小時六到八公里，他們從上午十點多開始行動，直到下午五點多紮營，照理說，最少也能走四十幾公里，結果他們才只走了一半路程！

阿奇納和晏笙之前進入黑瀝沙漠時，行走的距離可是今天的兩倍！

「真慢！」阿奇納對於這種慢速度有些不滿意，在他看來，他們應該要在確定目的地後就迅速前進才對！

「本來就是來玩的，又不是在趕路。」晏笙倒是不以為意。

他們這趟旅程的重點是在「陪孩子們玩耍，創造家庭回憶」，目的地什麼的，根本就不重要。

「而且我們也沒有設定要去哪裡啊，不是隨便走、隨便逛的嗎？」

晏笙整理著帳篷，將崽子們的睡袋和洗浴用品放置妥當，等崽子們玩耍回來就可以立刻去洗澡。

大寶他們正在外面「尋寶」，達格利什和布奇麗朵陪伴著他們。

「……」阿奇納被說得啞口無言，他抿了抿嘴，氣悶地從空間裡拿出一大袋餅乾，大把大把地塞進嘴裡。

說到底，阿奇納就是覺得無聊了。

之前他跟晏笙行動時，兩人可是專注地在趕路和找尋雨時花，即使是枯燥的趕路時間也是邊吃零食、邊聊天，互動頻繁，可是有了三隻崽子後，晏笙的注意力都在崽子們身上，有零食也是先給崽子們吃，之後才輪到阿奇納，這就讓阿奇納心理不平衡了。

阿奇納啃完一包餅乾，發現晏笙整理完帳篷後就坐著歇息，並沒有來哄他，他更加生氣了。

「你有了寶寶就不理我了！」他氣憤地指責，語氣委屈得就像是失去家長寵愛的孩子。

「……啊？」

正想著晚餐要吃什麼的晏笙，一頭霧水地看向阿奇納。

「你以前都會問我要不要吃零嘴，今天都沒問！」

「我每次轉頭看你的時候，你都在吃點心，我當然就沒問了。」晏笙無奈地解釋道。

這就像是看見朋友正在吃飯，難道還會多此一舉地詢問對方「你要不要吃飯」？

「你以前都會問我晚餐要吃什麼！現在都沒問！」

「因為晚餐時間還沒到啊……」

晏笙看了一眼帳篷外的天色，他們顧慮著崽子們的體力，提早紮營，現在外頭的天色還很明亮呢！連入夜的第一顆星都還沒出來呢！

「你以前都會問我要不要刷毛，現在都沒問！」阿奇納再度控訴。

「因為你還沒洗澡啊！以前不是都洗完澡才刷毛的嗎？」晏笙面露茫然。

「你、你……」阿奇納一時找不到理由，最後氣憤地一拍桌子，「你都不理我！」

「啊？」

「你都只跟大寶他們玩，都不理我！」阿奇納挺了挺胸膛，用宏亮的聲音掩飾莫名的心虛。

帳篷的布門並沒有閉合，阿奇納的聲音順著開口傳到外頭，讓崽子們聽得一清二楚。

「嘰啾？大爸、小爸，你們又在吵架嗎？」大寶朝著帳篷的方向喊道。

「沒有！」阿奇納立刻否認。

「啾啾！大爸、小爸，老師說，家人要幸福、快樂、相親相愛！二寶愛你們喔！啾啾！」二寶語氣甜軟地喊道。

「啾一，小寶也愛大爸跟小爸！嘰一！」

「我也愛你們。」晏笙笑著回道：「我們沒有吵架，你大爸在跟我撒嬌呢！」

「啾嘰！大爸撒嬌！」

「啾？」

「嘰一！小寶也要！」

「我才沒有！」阿奇納漲紅了臉反駁。

「你們大爸說，我不陪他玩，他好難過……」晏笙繼續朝帳篷外喊道。

「啊啊啊啊……」

羞惱的阿奇納發出一連串吼叫，試圖將晏笙的聲音蓋過，人也朝晏笙撲了過去，直接將他撲倒，試圖用「武力」制伏他。
手無縛雞之力的晏笙會乖乖屈服嗎？
當然不會！
他熟門熟路地捏住了阿奇納的後頸，阿奇納的動作一滯，就像是被掐住了「命運的咽喉」，全身僵硬又虛軟無力地趴倒在晏笙身上。
「你、你……」沒料到自己竟然會栽在晏笙手中，阿奇納面紅耳赤、咬牙切齒地瞪著他。
「乖……」晏笙壞笑著用另一隻手捏了捏他的耳朵，又撓了撓他的下巴。
「……混蛋！」
要害受制於人，阿奇納也只能乖乖地縮起爪子。
晏笙很識相，並沒有捉弄阿奇納太久，放開他的後頸後，他立刻給阿奇納順毛，還買了一堆他喜歡的零食哄他。
也不曉得是晏笙的順毛功力提高了，還是阿奇納太過好哄，在晚餐前，阿奇納的心情就恢復愉快，還主動拎著三隻髒兮兮的崽子去洗澡。
一起用餐的人變多了，餐桌上的食物種類也可以跟著增加。
晏笙讓商城的光幕界面變成公放，讓眾人可以自己選擇感興趣的食物，即使一人只挑了兩、三樣菜，也要搬出兩張餐桌才擺得下。

在崽子們的提議下，他們將用餐地點轉移到帳篷外，在平坦的沙地上鋪上大餐墊，擺上兩張桌子，四周點著幾盞燈，在夜色下用餐。

可惜今天是陰天，天上星辰稀少，只有星星點點的幾顆，少了幾分繁星閃爍的美感，不過這個近似黑色荒漠的黑瀝地區本身就是一道獨特的風景，它那遼闊、亙古、幽靜、神秘的魅力足以補足一切缺憾。

有崽子的地方就不可能會安靜，他們的晚餐是在崽子們嘰嘰喳喳的說話聲和布奇麗朵頻率較少的回應聲中吃完的。

即使一頓飯吃了快兩個小時，現在的時間也不過才七點多，夜還很漫長。

「你們想睡了嗎？」晏笙笑嘻嘻地詢問崽子們。

即使今天大部分的時間都是坐在坐騎上，但是他們中途也有停下歇息和尋寶，崽子們說不定累了。

「嘰啾！不累！」

崽子們紛紛搖頭，他們今天玩得很開心，根本不累！

「好，那就將你們的保姆機器人拿出來，我看看你們在學校的情況。」晏笙微笑著說道。

學校會將崽子的課業成績回覆給家長，裡頭還包括了教師給的評價和建議，而保姆機器人也有自動記錄崽子日常的程式，家長想看的時候可以讓保姆機器人播放出來，也可以用通訊器連線保姆機器人進行直播觀看。

晏笙想要跟崽子們一起看紀錄影像，讓崽子們可以針對影像內容，講述他們在學校的生活，這也是增加親子互動的方式。

保姆機器人被崽子們收在空間裡，聽到晏笙想要看他們的生活紀錄，崽子們立刻將自己的保姆機器人拿出來。

「嘰啾！看我噠！」

「啾啾！我噠我噠！我噠比較好看！」

「嘰一，我我我我……」

因為保姆機器人是跟著自家小主人行動的，拍攝的是個人生活紀錄，崽子們希望可以獲得家長關注，都搶著要播放自己的影像。

「吵什麼？一起看不就行了？」阿奇納阻止了他們的爭吵，讓保姆機器人同時播放。

三面光幕飄浮在半空中，幾個人各自用著最舒服的姿勢觀看。

影片開頭是三個小崽子入學的情況，他們在老師的帶領下註冊登記、參觀校園，而後來到自己的宿舍。

宿舍是風格溫馨的套房，三間房間、一個小客廳，洗浴間是附設在房間裡頭的。

三隻崽子各自選了喜歡的房間，還用宿舍的智能系統將房間的壁紙改成自己喜歡的樣式。

「嘰啾！這是我的房間！牆壁是我畫噠！好不好看？」

大寶的房間壁紙是他親自手繪的，筆觸稚嫩，畫風很抽象，大致可以看出是一隻強壯而且羽翼寬大的巨大鳥類。

「啾啾！我噠房間也很好看！」

二寶的房間布景是夢幻唯美的湖邊景象，流水潺潺，魚蝦在湖裡嬉戲，水面上還飄著彩色泡泡和一道彎彎的彩虹。

這是儲存於房間布置的選單中，供學生挑選、任意拼湊的景觀之一。

「啾啾！泡泡跟彩虹是我加噠！好不好看？」二寶得意地詢問。

「好看。」晏笙自然不會吝嗇讚美。

「嘰一！換我惹！看我噠！我噠最漂釀！」

小寶的房間是各種絢爛繽紛的寶石和首飾，儼然像是一間珠寶展示廳，這布置同樣屬於房間的布置系統模板。

看著那些華麗的珠寶首飾，晏笙不由得感慨道：「設計房間景觀的人真厲害……」竟然連這樣的場景布置都預想到了！腦洞夠大！

要是讓他給崽子們做房間規劃，他能想到的畫面大概就是可愛的插畫圖案和自然風景，才不會想到用珠寶首飾當背景呢！

看完房間，大寶讓保姆機器人將畫面快轉，轉到他們上課的時候，二寶和小寶也一樣。

「嘰啾！看！我被老師誇獎了！老師說我好棒棒！」大寶指著上課畫面，挺著小胸膛說道。

「啾啾！老師也有誇獎我！說我很好！」

「嘰一！小寶好胖胖！」

晏笙微笑著點頭附和，阿奇納看不慣崽子們的得意，直接潑他們一桶冷水。

「老師該不會每個崽子都誇獎了吧？」

「嘰啾！才沒有呢！就、就只有誇獎我跟那誰誰還有那誰誰……」大寶歪著腦袋，掐著羽毛尖數著。

數完後，他朝阿奇納豎起羽毛。

「嘰啾！只有誇獎八個喔！」

「你們班上有幾個人？」

「嘰啾！十二個！」

「一次上課就誇了一半的學生，老師還真是好棒棒呢！」阿奇納不以為然地撇了撇嘴。

達格利什笑了笑，接口調侃道：「剩下的一半該不會是輪到下次上課再誇獎吧？」

「嘰啾！才不是！」大寶瞪大眼睛反駁，「他、他們上課睡著了，哭了，還亂跑，不聽老師的話，老師才沒有誇獎他們噠！啾嘰！」

「所以沒有睡覺、沒有哭、沒有亂跑的崽子都被誇獎了？」達格利什挑眉回問。

被他這麼一說，老師的誇獎瞬間變得沒有價值了。

「嘰啾！你、你、你怎麼這麼壞！」大寶還沒學會罵人的詞語，就只會說「壞」，這是他能想到最惡毒的言語。

「啾啾！大哥哥，壞！」

「嘰—！姐姐，大哥哥欺負我們！」小寶立刻扭頭跟布奇麗朵告狀。

「哥哥！」布奇麗朵奶兇奶兇地瞪著達格利什。

奶兇蘿莉一瞪眼，壞心大哥哥也只能退敗。

「對不起！我的錯，是我錯了，原諒我吧！」達格利什舉起雙手，做出投降狀。

「你們要原諒他嗎？」布奇麗朵轉頭問著大寶他們。

「嘰啾，好吧！原諒你了，以後不可以這樣，知道嗎？」大寶學著老師規勸同學的話，一本正經地教育道。

「是！遵命！」達格利什笑呵呵地回道。

一群人笑笑鬧鬧地聊天到深夜，直到晏笙出面制止了，崽子們這才收起保姆機器人，睡意朦朧地揉著眼睛，乖乖進入帳篷睡覺。

帳篷一共架設了兩個，一個是晏笙、阿奇納和崽子們居住，另一個則是達格利什和布奇麗朵居住。

為了安全，他們特地在營地周圍放置了保鏢機器人，專門用來守夜。

不過大概是雨季時期找尋雨時花的人口眾多，夜裡並沒有發生野獸偷襲的事情。

眾人一夜安眠。

第四章
重螢水

夜半時分，雨水又嘩啦嘩啦地落下了。

大雨滂沱，還帶著陣陣雷鳴閃電。

耳力敏銳的阿奇納被雷聲吵醒，皺著眉頭將帳篷調成隔音，又將不知道什麼時候滾到他懷裡的晏笙攬了攬，當成軟綿綿的抱枕抱住，三隻幼崽正窩在晏笙懷裡睡得打小呼嚕。

三隻小崽子的呼嚕聲很規律，同樣頻率地吐氣、同樣頻率地吸氣，聽起來就像是只有一個人在打呼一樣。

聽著那稚嫩的小呼嚕聲，阿奇納又再度沉沉睡去。

等到他再度醒來，晏笙和崽子們已經梳洗完畢了。

「醒了？快去刷牙洗臉準備吃早餐。」晏笙將餐點逐一擺放上餐桌，笑著催促道：「外面在下大雨，我們在帳篷裡面吃，等一下達格利什和布奇麗朵也會過來。」

達格利什他們就在隔壁的帳篷裡，早上聽到這邊的動靜後，達格利什就通訊跟晏笙打過招呼，說他們會過來一起用餐。

布奇麗朵早就醒來了，她想要過來找小夥伴們玩耍，又擔心小夥伴們還沒醒來，忍耐著等到達格利什起床後，這才催著他通訊給晏笙，於是就有了一起吃早餐的邀約。

帳篷裡頭一片寧靜，帳篷外卻是疾風暴雨、雷霆交加，外頭的沙地積起了好幾個水窪，帳篷的布門一打開，混著泥沙的水就倒流進來，把帳篷靠近門口的區域弄得一場糊塗。

「啾啾！水！水跑進來了！」最先發現門口狀況的二寶發出尖叫。

「嘰一！小爸，有、有地上髒髒了！」小寶也跟著大喊。

「一號，去清理。」大寶指揮著保姆機器人進行打掃。

「好、好，你們先坐好，我要調整帳篷了……」晏笙安撫著崽子們。

在這裡住了一段時間的阿奇納和晏笙早有經驗，連忙讓帳篷的支架「升高」，整座帳篷提高幾吋，比外面已經泥濘一片的沙地還高，外頭的泥漿水就無法繼續流入了。

達格利什和布奇麗朵裹著遮雨篷進入，身上的潮濕氣和沾染的泥漿很快就在保姆機器人的打理中恢復乾淨。

考慮到他們才剛從大雨中走來，即使並沒有真的淋到雨，晏笙還是買了濃郁的熱湯給他們喝。

這裡的人並沒有吃飯配湯的習慣，湯水對他們來說就像涼水、飲料一樣，都是解渴的東西，所以他們只會在寒冷的時候喝熱湯，其他時間都是喝飲料、涼水。

不過晏笙習慣三餐都要有配湯，所以他還是會在採買食物時為眾人買上一碗。

阿奇納和崽子們都很好養活，只要有好吃的，不管是湯水還是飯菜，他們都會吃光。

達格利什和布奇麗朵有些不習慣，只是他們身為客人，吃的又是免費招待的食物，自然不會多說什麼。

況且，晏笙購買的熱湯確實很好喝。

吃過早餐後，他們討論了一下，決定今天就在附近逛逛，不再繼續前進。

外面的雨勢實在是太大了，如果是綿綿細雨，那還有幾分雨中漫步的美感，可是外面下的是滂沱大雨，外加閃電雷鳴，雨水打在臉上就像被人搧耳光一樣，誰會那麼想不開，跑去外面讓大自然搧巴掌？

況且這裡的溫差極大，陰天的天氣最好，溫度是舒適的二十幾度，一遇到雨天，溫度驟降，連十度都不到。

崽子們雖然體質好，卻也不是真的強大到完全不會生病，該注意的還是要注意。

大寶他們倒是沒想那麼多，他們反而覺得在雨天玩耍、玩得一身泥濘很有趣，所以在晏笙替他們穿戴好保暖又防水的防護衣，又一人套了一個遮雨屏障後，隨即開心地拎著挖掘的小工具，拉著布奇麗朵跑到外頭挖寶，晏笙等人也在隨後跟了出去。

「嘰啾！我挖到好大、好大的骨頭！」

大寶吃力地抱著一顆比他還要高出好幾倍的獸類頭骨，布奇麗朵見他扛得吃力，連忙幫他抬起骨頭。

「嘰一！我、我挖到漂釀的小花花……」

小寶挖了幾株雨季才會生長的沙漠之花，將它寶貝地收起。

相較於大寶和小寶專注於尋寶，二寶卻是東鏟鏟、西挖挖了一會兒後，丟開了小鏟子，轉而捏起了泥沙玩。

玩泥巴大概是大多數孩子的興趣，大寶和小寶在找了一會兒「寶物」後，也跟著跑到二寶身邊捏泥巴，布奇麗朵沒玩過泥巴，而且小女孩愛乾淨，便只是站在旁邊觀看。

「嘰啾！我要做大房子！」

大寶豪邁地將泥巴鏟起，「啪啪啪啪」地拍成塊狀，堆疊在一起。

「啾啾！大爸、小爸，我捏了你們喔！我還要捏大寶、小寶跟小姐姐！」

二寶將幾團泥巴堆在一起，捏成圓滾滾、形體不明的「人」。

「嘰一！我捏漂亮的花花！」小寶直接搓了幾個大小不一、形狀也不正規的泥團。

在下著大雨的天氣捏泥巴，最終的結果就是一事無成。

這些泥巴是沙土加上水攪和而成，本身就沒什麼黏性，加上雨水不斷沖刷，即使有遮雨屏障擋住上方落下的雨水，底下積聚的水窪可排除不掉，大寶他們捏出的泥巴作品最後都泡成了一灘爛泥，讓幾個小傢伙沮喪不已。

不過他們也不是沒有收穫。

在他們挖掘取沙土所形成的泥坑中，一個發亮的東西露出泥漿。

「啾啾？」

二寶第一個注意到泥水坑裡的光亮。因為被泥水掩蓋，又有急促的大雨和幽暗的光線遮蔽，導致那物品的光芒並不引人注目。

二寶揮舞著小鏟子，將泥漿坑裡的水往外潑，降低泥漿坑裡的水位，可是他的潑水速度趕不上下雨積水的速度，不管揮舞了多少次小鏟子，泥水坑裡頭的水依舊那麼多，甚至水位還有上漲的跡象。

「啾啾！大寶、小寶，快幫我舀水，水坑裡有東西！」二寶著急地向小夥伴們求救，大寶和小寶隨即上前幫忙。

可是他們忘了，他們的體型就只有拳頭大，能被他們抓著的小鏟子自然就更小了，那鏟子的舀水量就跟一把正規的湯杓差不多，三根湯杓想要舀光一個直徑約莫五十公分的水坑，還是在下著大雨的情況下？

那水坑因為水滿了而溢出的水都比他們舀出的來得多！

最後還是阿奇納看不下去，直接探手將那發光體從水坑底下挖出。

「啾啾！是發光的……球？」二寶歪著腦袋說道。

「嘰一！亮晶晶！」小寶的眼睛瞬間發亮。

「嘰啾！是雨時花啦！」大寶說出正確答案。

「啾啾！我找到噠！是我找到噠！」二寶開心地喊道。

阿奇納將雨時花遞給二寶，讓他收進他的空間裡。

大寶和小寶也沒想要跟他搶，他們揮舞著小鏟子，信誓旦旦地說，他們也會找到雨時花。

原本已經跑偏的尋寶行動，再度拉回正軌。

崽子們因為身體嬌小的關係，都是搜地表上的骸骨、植物和彩色礦石，現在發現雨時花藏在地底下，自然就要深入挖掘一番。

如果是晴天，他們還可以揮著小鏟子慢慢挖，可現在下著大雨，積水已經到達阿奇納等人的腳踝深度了，他們要是往下挖掘，肯定挖沒幾杓就要「潛水」了。

大寶他們聚在一起討論後，決定讓保姆機器人來挖。

雖然藉助機器人尋寶會少了親手獲取的樂趣，可是這點小遺憾在保姆機器人挖出一個又一個大坑，翻找出一個又一個雨時花後就消失了。

「嘰啾！我找到一個雨時花惹！」

「啾啾！我也找到一個！」

「嘰一！我、我這邊有兩顆小花花！」

崽子們發出一聲又一聲的歡呼慶祝，並在空中忽上忽下地飛著。

不曉得是「新手的運氣」又或者是這個區域被人忽略，好幾年都沒人找尋過，崽子們搜尋幾天下來，每個人都找出至少三顆的雨時花，收穫相當豐富。

除了雨時花之外，他們還從深坑中挖出了不明骸骨、半報廢的武器、植物的根莖，以及前人丟棄的垃圾、碎布、廢鐵、不知名的零件等物。

崽子們都很高興，覺得這次的尋寶行程真是大豐收。

滿足了尋寶的欲望，晏笙、阿奇納和達格利什討論著之後的安排。

雖然尋寶很好玩，可是長時間待在一個陰雨綿綿，目光所及盡是黑、灰色調景物的環境中，還真是有些壓抑。

崽子們玩樂的場所應該要光鮮明亮一點。

再說了，大寶他們學校只放假兩星期，算上回返和休息，能夠讓他們遊玩的時間也不多了。

「現在都已經下午了，就算立刻動身出發，過沒多久又要紮營，還是明天再走吧？」晏笙看了一眼吃飽喝足、躺在帳篷內呼呼大睡的崽子們，微笑地提議。

「好。」阿奇納和達格利什無所謂地點頭。

「我出去外面逛逛……」

晏笙看見外頭的雨已經轉成稀薄的雨絲，天空也從鐵灰色轉成淺灰，便打算在附近走走逛逛。

「我跟你一起去。」阿奇納說道。

「那我就在這裡陪著崽子吧！」比起在外頭走動，達格利什更想待在帳篷裡頭休息。

三人說定後，晏笙和阿奇納走到帳篷外頭。

他們現在的營地是一處地勢較高、地質也較為堅硬的區域，站在高處往遠處眺望，可以見到蜿蜒起伏的地平線和沙丘。

遠方的天空彷彿被看不見的分界線切割，某個區塊是純黑色，偶爾還能看見閃爍的電光；某些區塊是湛藍的晴天，陽光耀眼；某些區塊是灰色的……

這種奇特的景象可比用電腦修圖還要神奇，晏笙抓拍了幾張風景照，又指揮著系統，拍了幾張自拍照。

「我們一起拍照吧！」阿奇納在旁邊看了一會兒，開口提議道。

這幾天他們雖然拍了很多照片，可是全都是一群人一起拍照的，他們兩個還沒有合照過呢！

兩人開開心心地從不同的角度拍了合照，阿奇納還興致勃勃地想要換地點繼續拍。

「那裡看起來不錯，我們去那裡拍！」阿奇納指著一顆跟房車差不多大的岩石說道。

岩石的表面看起來有些光滑，顏色是灰白色和大地色系交錯，表面的紋路繁複，粗略一看頗有山水國畫風格。

晏笙的爺爺喜歡收藏石頭，喜歡玩石和賞石，也收集了不少相關的照片和資料，其中有一種名為「天景石」的石頭，它的花紋圖樣多變，有的像是一幅山水畫，也有如同地圖的圖樣，還有如同花鳥蟲魚的……

而眼前這座巨大的岩石塊，它的頂層是白色混著灰白色，像是天空的雲層；底下是有深有淺的大地色系，石紋層層疊疊，如同他們腳下踩著的荒漠；在天空和大地的交界處，還有深色的線條和墨點，那是在地平線上行走的人影和坐騎的縮影。

可以說，這塊石頭就是一幅縮小的沙漠風景圖。

晏笙突然想將這塊巨石收進商城，當成商品販售，他想，或許這星際中也有人喜歡玩石、賞石，或許也會有人發現並欣賞石頭的美。

晏笙跟阿奇納在拍照過後，將這塊漂亮的巨石放入商城。

巨石消失後，他們意外地發現，這巨石底下竟然有一個大窟窿，潺潺的流水聲從那黑漆漆的地洞裡頭傳出，像一口深不可測的天然水井。

沁涼的風帶著清新的水氣自底部往上吹拂，風裡頭沒有奇怪的異味，沒有密閉洞窟會有的陳腐味或是毒氣。

阿奇納好奇地靠近，站在洞口處探望。

「你別靠得那麼近……」晏笙皺著眉頭，總覺得阿奇納站在洞口邊緣的舉動太過危險。

才想叫他後退幾步，阿奇納腳下的岩石突然崩落，讓他連同岩石摔下水井。

「阿奇納！」晏笙慌張地上前一步，又不敢過於接近，只能站在洞口邊觀望。

「阿奇納，你還好嗎？」

晏笙朝洞窟大喊，等來的是阿奇納含糊不清的回應。

「我、唔、水太、急……」

「什麼？你說什麼？」

晏笙又往前挪了半步，試圖聽清楚，可是阿奇納卻已經沒有回音。

他著急地聯繫了達格利什，跟他說了這裡的情況，又給了座標位置，讓對方知道他們的方位。

『阿奇納掉下去就沒上來了？不可能啊，憑他的身手，就算這個洞窟再深，他也能爬上來啊……』通訊畫面中，達格利什訝異地說道。

『我現在下去找他，崽子們就麻煩你照顧了。』

晏笙啟動之前購買的防護罩，一個像氣球一樣的大圓球將他整個人包裹住。

『好，我知道了，要是遇到什麼問題，你記得聯繫我。』

『好。』

晏笙結束通訊後，便直接跳進洞窟，而達格利什則是開啟了晏笙和阿奇納的直播間，透過直播畫面觀看他們兩人的情況。

阿奇納的直播畫面中，只見到阿奇納在水裡載浮載沉地游動，模樣狼狽，而晏笙則是坐在一個透明大球中，順著波光粼粼的水流飄蕩。

從兩人所在的環境看來，這應該是潛藏於地底洞窟中的暗河。

達格利什覺得奇怪，這暗河的水流並不湍急，旁邊還有突出水面的岩石和可以立足的窄道，以阿奇納的身手來說，他應該可以輕易地離開水面，跑到旁邊的岩石上才對，怎麼他一直飄在水中呢？

達格利什還在納悶時，直播間的彈幕就推測出了真相。

——微光閃爍，光芒呈現銀藍色……這是、這是重螢水？

——重螢水？那是什麼？

——重螢水：具有神奇拉力的特殊能量，可以幫助某些種族進行修煉，也是伴生武器的滋養品。看起來像是水的液體其實是濃縮的能量體，掉入重螢水的生物會被水本身的重力拉著往下沉……

——難道我們阿奇納小王子就要交代在這裡了？〔驚悚〕

——不會吧？晏笙不是來救他了嗎？

——等等，既然掉下重螢水的人都會被拉著往下沉，我們的幸運星怎麼沒事？別跟我說運氣好的人就能飄得起來啊！

——都說了是「掉下水的生物」，是生物！幸運星坐在氣球裡面，跟重螢水隔著一層隔離層啊！

——這樣也行？〔震驚臉〕

——當然行！

——還以為阿奇納跟晏笙在一起後，霉運都被晏笙的氣運沖沒了，結果霉運卻突然反擊……〔背後捅刀〕

——是啊，好久都沒看到阿奇納發生意外，剛才看見他掉下去我還愣了一下。〔狗狗呆愣臉〕

——同樣都是站在洞口，就只有阿奇納踩著的那塊地方崩塌，這運氣還真是……

——現在只能祈禱，在阿奇納溺死之前晏笙能救到他了。〔祈禱〕

——希望他們都能夠平平安安……

——同祈禱。

正追著阿奇納的晏笙在飄了一段距離後，依舊沒有見到阿奇納的身影，而這個氣球保護罩又沒辦法操控或是加速，在沒有外力推進下，他知道自己不可能追到同樣在水裡漂浮的阿奇納，於是他另闢捷徑，做出令人意想不到的舉動。

在鑑定出這些發光的河水是一種優質能量後，他把這些河水全收進商城的商品欄位。商城空間的空欄位被能量水放滿後，晏笙緊接著讓系統橘糰打廣告，呼喚買家前來購買。

廣告和商品欄位上明白標示了，這些能量水是販售的商家偶然發現的，只賣這一次，要是沒有買到就沒了。

或許是因為「限量」兩個字太過吸引人，又或者是能量水在星際間很受歡迎，追著廣告前來採購的人潮非常多，能量水商品很快就一掃而空。

在商品出售的同時，晏笙也不斷吸收能量水填充貨架，空了便填滿，又空了又再度填滿，在不斷抽水和販售的情況下，這條能量暗河終於被晏笙抽得半乾，剩下的河水只到晏笙的膝蓋高度，再也不用擔心阿奇納會在水裡溺斃。

晏笙收起保護屏障，大步地涉水往前邁進。

他其實想要快速飛奔，只是這條河流有一種詭異的吸力，他的雙腿就像浸泡在膠水裡頭，每一次邁步都要花上好幾倍的力氣才行。

「阿奇納！你在哪裡？」

「阿奇納！有聽到我的聲音嗎？」

晏笙一邊前行、一邊叫喚，希望能得到小夥伴的回應。

然而，小夥伴卻是無聲無息。

「不會是被沖到其他地方去了吧？」晏笙皺著眉頭猜想，隨後又搖頭否定這樣的想法。

他雖然在跳下來的時候耽擱了一點時間，可是前後也差不到五分鐘，這水流又不湍急，不可能瞬間就把人給沖沒了。

「他難道暈過去了？」

晏笙覺得這個猜測的可能性比較大，畢竟這條河道的兩側全都是凸起的岩石，河道中央也有不少石塊和暗礁，剛才保護他的氣球就撞了不少次，他坐在防護罩裡頭都被顛得東倒西歪，更何況是直接遭受到撞擊的阿奇納？

走著走著，晏笙發現這地底通道越走越明亮，仔細一看，這才發現兩旁的天然岩石層出現了能量結晶體，那些結晶體有的透亮如水晶，有的像是不透光的鐘乳石。

晏笙只粗略地看了一眼，便繼續往前邁進。

又過了一會兒，累得滿頭大汗的晏笙，才在前方的岔路口找到阿奇納。

岔路分成左右兩條通道，阿奇納正好被卡在中間的岩壁，也幸好他沒有飄進其中一條通道，不然晏笙就要耗費更多時間才能找到他。

阿奇納閉著雙眼，渾身濕淋淋地躺在能量結晶體上，結晶體的光芒將他的臉色映照得更加慘白。

「阿奇納！」

晏笙快步來到阿奇納身旁，叫喚著昏迷不醒的他。

「阿奇納，醒醒……」

晏笙擔心阿奇納可能撞擊到頭部，不敢將他攙扶起來，也不敢隨便挪動他。

他拿出先前購買的醫療儀器，迅速地掃描了阿奇納的身體。

「滴滴！檢測完畢，患者全身有七十三處擦傷，無內傷。患者吸收過多能量，伴生武器正在晉級，請不要移動和干擾患者，讓患者順利完成進階。」

聽到阿奇納只是在晉級，晏笙頓時鬆了口氣。

只是醫療儀器不讓他移動阿奇納，這就讓他有些苦惱了。

無可奈何之下，他撥打通訊給達格利什，向他說明這裡的情況。

『我找到阿奇納了，可是他現在在晉級，醫療儀器不讓我移動他……』

晏笙特地往旁邊走開幾步，壓低了音量，不讓自己的說話聲干擾到阿奇納。

其實他不需要這麼謹慎，只要他不去毆打、攻擊阿奇納，一般說話的聲音並不會對他造成影響。

不過他這般貼心的舉動也讓觀看直播的觀眾對他產生不少好感，打賞和送禮一波接著一波。

『我也不曉得他要晉級多久，崽子們就麻煩你照顧了，嗯嗯，我會在這裡陪他，要是大寶他們睡醒了，想找我們，嗯……可以先讓他們跟我通訊，我等一下會讓巡邏機器人到處搜查，確定沒有危險，你們再過來……』

晏笙這一路飄來，並沒有遇見怪物或是危險的生物，他覺得這底下應該是安全的，只是直覺這種東西也作不得準，還是要讓機器人搜查一番，確定真的沒有危險了再讓崽子們過來。

『你們晉級的時候有什麼需要注意的地方嗎？需要補充營養嗎？或是需要採買什麼東西給他嗎？』

晏笙不安地詢問著，他擔心自己「照顧不周」，導致阿奇納的晉升失敗或是晉級得不圓滿。

達格利什笑著安撫晏笙，說是只要不去打擾他就行了，沒什麼需要特別注意的。

『……至於食物方面，晉升後的人會特別餓，需要準備大量的高營養和高能量食物，不過你有商城系統，採買相當方便，也不用預先準備。』

聽對方這麼說，晏笙也就放心了。

結束通訊後，達格利什他們將帳篷移動到洞口附近，而晏笙也讓機器人巡邏周圍，確定沒有危險後才讓崽子們下來。

「嘰啾！小爸，大爸還好嗎？啾？這裡的水聞起來好好吃……」

大寶被重螢水吸引注意力，對著水流嘩啦啦地流口水。

「啾啾！小爸，這裡的水好香……」

「嘰—！想喝。」

二寶和小寶也被水吸引了，一個兩個都想往水裡撲去。

「等等！」晏笙連忙抱住崽子們，不讓他們沉入水裡。

「嘰啾！小爸，我想喝這個水。」

「啾啾！二寶也想喝。」

「嘰—！小寶，要喝！」

「這個……」晏笙猶豫了，他只知道這重螢水可以讓人升級，可是他並不清楚崽子們能不能喝。

「嘰啾！小爸，我們能喝的，它是崽崽的營養補給品！」看出晏笙的遲疑，大寶連忙解釋道。

「啾啾！能喝噠！」

「嘰一！小寶要喝要喝！」

「你怎麼確定它能喝？」晏笙反問。

「嘰啾！傳承有教！」大寶挺起胸膛說道。

晏笙自然知道外星人有血脈傳承，只是他沒想到，崽子們還這麼小，血脈傳承就開啟了。

既然崽子們的血脈傳承都說他們可以喝重螢水，晏笙自然也不再攔阻，轉而替他們舀起幾杯水，讓他們方便飲用。

大寶他們喝的量並不多，大約二十毫升的容量。

大寶說，他們現在還小，每天喝這麼一點點就足夠，等到再大一點，喝的量就會增加。

晏笙想了想，從萬宇商城中買了可以存放重螢水的儲存容器，給大寶他們每人儲存了一桶，並讓他們收進空間裡，日後隨時都能取出飲用。

在崽子們收好重螢水後，晚了大寶他們一步的達格利什和布奇麗朵，也坐在浮空器上飄過來了。

達格利什先站在不遠處觀察了阿奇納，確定他的晉級沒問題後，轉而開始舀起重螢水，他說這些水是要給布奇麗朵和部落族人喝的。

原來，重螢水對他們的種族來說，是伴生武器的滋養品，只要有伴生武器的種族都需要重螢水。

不過他聽到大寶他們能夠直接喝重螢水時，表情相當古怪。

據他所知，重螢水雖然可以直接飲用，卻是要體質達到黃金級的人才能這麼做，體質低於黃金級的人，要是喝了重螢水，下場只有被豐沛的能量撐爆。

大寶他們出生還不到一年，體質就已經是黃金級了？這未免也太強悍了！

看著小小軟軟、毛茸茸的小幼崽們，達格利什實在很難想像他們的體質有這般強大。

「嘰啾！我們很厲害噠！聖薩曦族棒棒棒！」大寶驕傲地挺起小胸膛。

「啾啾！我棒棒噠！我可以保護小爸！」二寶親暱地貼著晏笙的臉頰磨蹭。

「嘰一！保護小爸！」小寶窩在晏笙頭頂，張開雙翼，做出把晏笙護衛在羽翼下的姿勢。

被孩子們「保護」著的晏笙又感動又開心。

星際這麼危險，寶寶們越強大，危險也就離他們越遠，這樣很好。

他想著，要不要多買幾個容器，多收一些重螢水給寶寶們。

不過這樣的想法被寶寶們和達格利什阻止了。

「重螢水也不是毫無吸收限制的，它只對未成年崽子及其伴生武器有效，一旦成年了，重螢水的功效就會折扣減半……」達格利什解釋道。

就算重螢水用了特殊容器儲存，這也只是減緩能量的消散速度而已，時日一久，重螢水還是會慢慢失去作用。

「最好的保存方式就是記住重螢水的位置，等到日後有需要了再來汲取。」達格利什說道。

「嘰啾！小爸，我們收一桶就夠啦！我已經記住這裡了，以後我們再過來呀！」大寶拍拍晏笙的肩膀安慰他。

「啾啾！以後再來玩！」

「嘰一！玩！」

「好。」

崽子們都這麼乖巧、懂事，晏笙自然不會扯他們後腿。

再者，每年過來取水，也能確保飲用水的「新鮮」，要是一桶水放上個十年、八年……就算使用了特殊容器儲存，晏笙也會覺得這樣的水喝起來怪怪的，不可能讓崽子們喝它。

第五章

傳說中的元素精靈

阿奇納這一晉級，就足足讓晏笙他們等了三天兩夜。

阿奇納甦醒時，晏笙等人正在吃午餐，晏笙才剛將食物擺放好，掀開了包裝盒蓋，旁邊突然撲來一道黑影，把他手上的食物搶走。

「阿奇……」

晏笙滿臉驚喜地看著清醒的人，才想詢問他的情況，阿奇納就以風捲殘雲之勢將整碗湯倒進嘴裡，緊接著又抓起其他食物大口大口地吞食。

想起達格利什之前的提醒，晏笙連忙又採買了許多容易入口又營養豐富的食物給他，直到阿奇納終於填飽空蕩蕩的胃，他的腳邊已經堆了上百個餐盒了。

「嗝！終於吃飽了。」阿奇納毫無形象地靠在岩石壁上，拍了拍依舊平坦的肚皮。

其他人也沒有計較阿奇納的搶食，畢竟阿奇納可是三天沒吃東西了，不管是誰都會餓得發慌。

餵飽了阿奇納，晏笙又買了一批食物，這些是他們這些還沒吃飯的人要吃的。

「我的伴生武器晉級了！」阿奇納得意地炫耀道。

伴生武器最難晉級了，它不僅需要主人的能量反哺，還需要「吃」各種天才異寶，而伴生武器又代表了主人的潛力，伴生武器的等級越高，主人往後的修煉道路也能走越遠，所以才會有一堆人為了伴生武器的餵養材料搶破了頭，而晏笙丟到萬宇商城的重螢水才會瞬間被買完。

「恭喜啊！」達格利什笑嘻嘻地恭賀。他並不忌妒，因為他也收集了不少重螢水。

「我還想吃火犀烤肉串，要五盒。」阿奇納扯著晏笙的衣角央求。

「你不是說吃飽了？」晏笙訝異地反問。

「我還能再吃一些零嘴……」阿奇納咂巴著嘴說道。

晏笙無語了。

五盒烤肉串只是零食？

「嘰啾！小爸，我也想要吃烤肉！」

「啾啾！我也要！」

「嘰一！肉！吃！」

崽子們也跟著嚷嚷，卻被晏笙給擋了回去。

「你們先乖乖把面前的餐點吃完，那些可是你們說要吃的。」晏笙可不准他們浪費食物。

不過要是大寶他們吃完正餐後，肚子還有餘裕，他也不介意讓他們再吃一些點心。

「我吃完了，我要吃肉。」阿奇納插嘴說道。

晏笙無奈地甩他一記白眼，最後還是在阿奇納的催促聲中，買了他想吃的「零嘴」。

當晏笙喝了半碗湯，正準備吃正餐時，阿奇納已經將五盒火犀烤肉串吃完了，足足五公斤的肉就這麼消失在他的「無底胃」裡。

更可怕的是，這傢伙竟然還喊著餓！

「我想吃甜的！我想吃蛋糕！熔岩大蛋糕！還想吃冰淇淋，要桶裝的那種！」

阿奇納繼續扯著晏笙的衣角點餐，大有「你不買給我，我就把你的衣服扯破」的兇狠氣勢。

「吃了鹹的又吃甜的，吃了熱的又要吃冰的，你是想拉肚子嗎？」

晏笙沒好氣地戳著阿奇納的腦袋數落，後者哼哼兩聲，繼續揪著他的衣服當人質。

他皺著眉頭想要拉回衣角，只是力氣比不過阿奇納，衣角救不回來。

「不會拉肚子的，你也知道我們塔圖的身體有多麼強壯。」阿奇納嚷道。

「是、是、是，我知道你們牙口好，可以啃石頭、啃鋼鐵、啃能量塊！」晏笙最後還是給阿奇納買了他要的蛋糕和冰淇淋，不過他也規定了，讓阿奇納先吃蛋糕，之後才能吃冰淇淋。

晏笙想著，先吃蛋糕這種不冷不熱的食物，隔開先前吃進去的熱食，之後再吃冰淇淋，應該比較不傷胃。

他已經完全忽略了，食物吃進肚子裡就是混在一起，哪裡會像隔層一樣地隔開呢！

「嘰啾！小爸，我吃完了！我想吃冰淇淋！」大寶一抹嘴，將已經吃光的餐盒推上前，讓晏笙檢查。

「啾啾！我也吃完惹！我想吃蛋糕！要好多、好多奶油的那種！」二寶跟著將自己的空餐盒推上。

「嘰一！我、我也是！」小寶將剩下的幾口飯胡亂塞進嘴裡，含糊不清地道：「偶要粗、粗餅乾！」

「剛才不是說要吃烤肉串嗎？怎麼換成蛋糕、點心了？」晏笙笑著調侃。

「嘰啾！還有冰淇淋！」發現晏笙漏了自己點的冰淇淋，大寶著急地提醒。

「喀！」

一聲輕響吸引了晏笙的關注，他的面前又出現一個吃完的空餐盒，將空餐盒放到他面前的小手才剛收回一半。

布奇麗朵發現晏笙注意到她，隨即端正坐姿，將雙眼瞪得大大的，直勾勾地盯著晏笙。

晏笙笑得無奈，伸出手去揉了揉布奇麗朵的腦袋。

「都說了我不會讀心術，妳想要什麼，要說出來啊……」

晏笙習慣在用餐時關注崽子們的進食情況，並適當地為他們添加食物，布奇麗朵年紀小，自然也在晏笙的照顧名單裡頭。

大概是晏笙給的餐點恰好貼合布奇麗朵的喜好，布奇麗朵莫名地認定晏笙能夠透過她的眼神看懂她的想法，每次有什麼要求也不開口，就這麼瞪著眼睛盯著他，讓晏笙相當無奈。

——而且每次布奇麗朵露出這種表情時，愛護妹妹的達格利什就會露出殺氣騰騰的微笑，彷彿晏笙對布奇麗朵有什麼企圖似的，真是讓晏笙相當為難。

要是順應布奇麗朵的要求，達格利什就將晏笙當成搶妹妹的敵人。

不順應布奇麗朵的要求，達格利什就將晏笙當成欺負妹妹的惡人。

不管怎麼做都是錯！

妹控這種生物果然難以理解。

晏笙縮到阿奇納身後，迴避達格利什的微笑殺氣。

「我想吃果凍！」

始作俑者小蘿莉不放過晏笙，揪著晏笙的衣角將他拖出來。

晏笙：混蛋！為什麼小蘿莉的力氣比我大？這不科學！

「嘰啾！小爸，我要冰淇淋！大桶的！」

「啾啾！蛋糕、蛋糕！好多奶油的蛋糕！」

「嘰一！餅乾！要大大、多多的餅乾！」

三個崽子外加一隻小蘿莉眼巴巴地看著你，要是真能狠心拒絕，那肯定是一個鐵石心腸的人！

晏笙是這種人嗎？

當然不是！

他真不是害怕達格利什動用他的幻術將他拉進幻境裡頭鞭打，他是心腸軟、喜歡崽子和蘿莉，所以才會同意孩子吃飯後甜點！

甜點的分量不大，剛好就是一人份。

崽子們很聰明，他們點不一樣的食物，各自挖一部分分享，每一種想吃的甜點都能吃到。

忙完了崽子們，阿奇納又再度黏上來，吵著說他想吃蛋糕。

「你還能吃得下？」晏笙忍不住伸手摸上他的肚皮。

嗯，是扁的。

「那些東西你到底吃到哪裡去了？」

阿奇納這一餐吃的量，遠遠超過他平常吃的分量！

「難道晉級以後，胃口也會跟著變大嗎？」晏笙頗為困惑。

「對啊！」阿奇納厚著臉皮點頭，絲毫不認為是他自己的問題，「晉級之後都會吃很多，這很正常。」

「是嗎？」晏笙轉頭看向達格利什，想從他這裡得到答案。

晏笙轉頭時，坐在他身旁的阿奇納對著達格利什張牙舞爪，一副「你要是讓我的蛋糕沒了，我就吞了你」的兇惡模樣。

接收到阿奇納的恐嚇，達格利什只能心虛地摸摸鼻子，點頭附和。

「確實是這樣，我之前不是說過了嗎？晉級會消耗很多能量，所以等阿奇納晉級完成後要準備很多東西給他吃……」

反正買食物的人是晏笙，又不需要達格利什付錢，坑晏笙總比坑他自己好。

吃飽喝足後，晏笙本以為他們就要離開這個地下洞窟了，結果阿奇納卻提議去找重螢水的源頭。

「正好，我也想去看看。」達格利什也表示贊成。

「可是要是遇到危險，崽子們……」晏笙擔心他們保護不了崽子們。

「怕什麼？我會保護他們的！而且我們帶崽子們旅行，不就是要讓他們見識外界的嗎？」阿奇納覺得他顧慮太多，不太喜歡他這麼拖拖拉拉的。

在阿奇納看來，男人就應該要爽快、乾脆、俐落，晏笙的性格太過黏糊，這樣很不好。

不過回頭想想，晏笙之所以遲疑，是因為擔心幼崽們的安危，以往他們兩人一起行動時，晏笙並沒有阻止過他的任何想法，他想去哪裡晏笙都會陪著他去。

所以是崽子們拖了後腿，不能怪晏笙。

阿奇納先前的鬱悶瞬間消散，自己把自己安撫好了。

「我之前在附近走動過，這下面應該沒有危險。」達格利什勸說道：「就算遇到危險，我跟阿奇納也會保護好他們的。」

「我、我也會保護寶寶們！不會讓寶寶們被壞人抓走！」布奇麗朵握緊拳頭，信誓旦旦地保證。

「嘰啾！小爸，別怕，大寶會保護你噠！」

「啾啾！二寶也會保護小爸！」

「嘰一！保護！保護！」

三隻小幼崽飛到晏笙面前，做出護衛的模樣。

「……那就走吧！」晏笙也不想掃眾人的興致，苦笑著點頭。

為了找源頭，一行人坐在飛行浮板上，逆著水流往上追尋。

約莫前進一公里左右，底下的水流深度明顯變淺了，水深只到腳踝位置，水底的礦石紋路和苔類植物清晰可見。

雖然水深變淺，可是這水的能量卻是比下游的水還要豐沛，光芒亮度也更高。

先前的水光如果用星辰比喻的話，這裡的水光就如同皓月。

越靠近重螢水源頭，那些形似鐘乳石的能量物質就越多，相對地，那些形似水晶的能量晶體就越少，而原本寬敞的地下通道也因為這些能量礦的堆積越來越狹窄，原本晏笙等人還能在這地穴站立和跳躍，現在只能趴在浮空板上前進。

就在他們擔心會不會越往前、通道越是窄小，到最後他們連趴著都擠不過去時，眼前的景觀豁然開朗。

一個巨大、宏偉如宮殿的大石窟出現，這是一處能量豐沛的地下能量礦。石窟的高度約莫有十幾層樓高，穹頂處垂掛著密密麻麻的鐘乳石，底下是一簇簇的彩色水晶柱，四周牆壁上則是生長著各種奇花異草，這些植物紮根於礦壁縫隙之中，吸收著空氣中飄浮的能量，在這寂靜的洞窟中傲然挺立，清香撲鼻。

空地中央是一汪發光的重螢水湖泊，湖泊澄澈如鏡，一顆顆的雨時花漂浮於水面上，能量凝聚成的霧氣在湖泊水面和洞窟各處繚繞，像一尾尾活潑、好動的發光小魚。

然而，重螢水的源頭並不是這座湖泊，而是源自上方的鐘乳石林，「滴滴答答」的水滴不斷自鐘乳石林的尖端落下，落入底下的湖泊。

湖泊沖刷出幾條深淺、粗細不一的水道，其中最粗的一條水道連接著晏笙等人溯源而來的河流，旁邊還有幾條細一點的流淌到洞窟邊緣後，直接沒入牆壁縫隙裡頭，再也不見蹤影，也不曉得是另外在別處形成隱密的水道，還是就這麼被底下的土層吸收了。

晏笙看著這樣的景象很驚訝，他還以為能量應該是像光芒一樣的存在，從沒想過能量竟然可以匯聚成液體和固體！

「這有什麼好奇怪的？」阿奇納反倒覺得他的反應古怪，「你不是看過能量礦和能量液了嗎？」

「是看過……」晏笙面露糾結，「不過我一直以為，能量是能量礦發散出來的東西，從沒有反著去想過……」

他以為，能量就是類似於輻射這類的存在，他知道有些隕石是有特殊輻射的，可是他從沒想過輻射可以反過來凝聚成輻射礦石。

在晏笙的思維裡，礦石變成液體、氣體或是光芒，這樣的形成他是認可的，可是要是讓他反過來想像，光芒變成氣體、變成液體、變成固體……他的腦筋就有點轉不過來。

「算了，宇宙無奇不有，我應該要習慣。」晏笙晃了晃腦袋，直接將這樣的糾結拋開。

他又不是科學家，探討那麼多做什麼？

他只需要知道這樣的東西是存在的就行了。

就像一般人只要知道「一加一等於二」，不需要去求證「為什麼一加一等於二」一樣。

浮空板慢慢前行，順著河道進入湖泊，一群人仰頭看著高高的穹頂以及布滿洞窟頂端的鐘乳石，為這份大自然的巧奪天工驚嘆不已。

晏笙下意識地用上鑑定，想要知道這能量形成的「鐘乳石」到底有什麼作用，卻沒想到，這一鑑定卻鑑定出了其他東西。

「咦？元素精靈？」晏笙對這個充滿奇幻風格的名稱頗為好奇。

「元素精靈？在哪裡？」達格利什連忙到處張望。

「那裡，藏在鐘乳石的後面……」

晏笙指著最頂端的一角，要不是動用了鑑定之眼，這個隱藏得很好的小東西還真會被他忽視過去。

「哪裡？沒看見啊……」阿奇納也跟著找尋。

「那個長得很像魚叉，三根鐘乳石的根部連在一起的後面……」晏笙試圖描述得更加清楚。

「還是沒看見……」

「嘰啾！我看見啦！我去把他弄出來！」大寶飛到空中，興奮地朝著元素精靈撲去。

「啾啾！二寶也看見惹！一閃一閃的，還會飛！」二寶也跟著飛了過去。

「嘰一，等等小寶……」小寶沒找到元素精靈，不過他知道，跟著兩個哥哥飛去，準沒錯！

布奇麗朵不能飛，而腳下踩著的浮空板是兒童專用版本，最高只能飛三公尺高，追不上大寶他們的她只能孤單地站在浮空板上，眼巴巴地看著大寶他們飛翔。

這一刻，布奇麗朵突然希望自己的美比亞菲血脈能夠更多一些，這樣她就能長出完整的翅膀來了。

純血的美比亞菲部落人擁有四翼，飛行速度快，來去就像一陣風，而靈迦部落擁有預見、預言和觀星、卜算能力，眼睛周圍有特殊圖騰紋，身高同樣不高。

身為兩族混血的布奇麗朵，遺傳了最明顯的矮個子特色，背生兩翼，還有靈迦部落的眼部圖騰紋。

然而，擁有靈迦圖騰紋的她卻無法占卜、預言，因為她的眼部圖騰紋是殘缺的，只有下半部分，沒有上半部，而背部的翅膀也因為發育不完全，太小了，無法帶她飛起，明明有著兩族的血脈，卻沒有傳承到兩族完整的血脈天賦，完全就是一個廢人。

這樣的身體「殘疾」都發生在混血兒身上，被稱為「傳承不完全病症」，發生的機率是萬分之一，布奇麗朵就是那個不幸運的人，這也是造成她的心理疾病的因素之一。

即使家人對她慈愛、溫和，部落裡頭也還是存在著閒言碎語，一些部落崽子因為她的混血樣貌，覺得布奇麗朵跟他們是不一樣的，是外人，是沒用的廢物。

即使崽子們被大人叮嚀過，不能在布奇麗朵面前說她壞話，然而，大人們都不知道，布奇麗朵偶爾能夠聽見這些人的「心音」，他們的所思所想，都會傳入她的腦海中。

幸好這樣的能力並不穩定，時有時無，不然布奇麗朵真會被這些無孔不入的「心音」逼瘋！

布奇麗朵之所以願意跟著達格利什離開，一方面是因為想要到外頭「透透氣」，另一方面是想要讓自己振作起來，不再讓阿爸和親人擔心。

不過她也做好了最糟糕的準備，她盤算著，要是這趟出行還是不能讓她在成年儀式前適應心理問題的話，等到成年儀式舉行的時候，她乾脆就自我放逐吧！

幸好，她很幸運，遇見了晏笙他們，雖然他們也有各種心音，卻都是心性質樸、善良純真的人。
不知道為什麼，布奇麗朵聽不到大寶他們的心音，待在三隻崽子身邊，布奇麗朵體會到前所未有的寧靜；晏笙的心音總是叨叨絮絮的，卻能夠感受到他發自內心的溫暖和體貼；阿奇納的心音簡單，就只有食物、戰鬥和晏笙，偶爾還會埋怨崽子們搶了晏笙的注意力，相當有趣。
「嘰啾！抓到啦！我抓到元素精靈了！」大寶開心地飛到晏笙面前炫耀。
元素精靈被大寶的爪子抓著，發出一連串「鈴鈴鈴」的細微聲響，彩虹色的光芒快速閃爍。
「這就是元素精靈？」
晏笙湊近了打量，可是不管怎麼看，他都只看到一團七彩色的光團子，就像把彩虹揉成彈珠大的小球一樣，根本看不到元素精靈的本體模樣。
「原來這就是元素精靈啊……」達格利什也湊上前打量，「雖然元素精靈流傳下來的故事不多，不過據我所知，元素精靈挑選棲息地的標準很嚴苛，他們一旦選好棲息地，就會把那個地區改造得更好，像是讓那個區域變得能量更豐沛、元素更多，或是生長出珍貴的奇花異草，或是形成跟這裡差不多的珍貴礦洞……有個不確定的說法是，元素精靈可以製造和生產這些東西。」

達格利什指了指礦壁上的花草植物和穹頂處的能量鐘乳石。

還有另一種說法是：元素精靈可以創造世界。

不過達格利什覺得這樣的說詞太過誇張了，他並不相信。

「啾啾！我、我也抓到一隻！」二寶同樣抓著一隻元素精靈跑來展示。

「嘰一、嘰一！我、我、我快要抓到了……」

小寶先天不足，發育速度比兩位哥哥慢一些，平常看不出來，但是一遇到緊急情況，例如需要他們賣力飛行的時候，就能看出他的飛行速度是三隻崽子中最慢的，動作也是最不靈活的。

他撲騰著翅膀，累得氣喘吁吁，好不容易才抓到一隻元素精靈。

「嘰一……」小寶帶著元素精靈撲進晏笙的掌心，完全不想再動彈。

小寶躺在晏笙的掌心時，腳爪子因為疲憊而鬆開，晏笙以為元素精靈會趁機脫逃，卻沒想到元素精靈竟然在他的手掌裡頭打滾起來。

「鈴鈴鈴、鈴鈴鈴……」

元素精靈滾動到小寶身上，上上下下地蹦跳著，也不曉得是在玩耍還是在踩踏他報復，而後元素精靈飄到晏笙面前，沿著他的額頭、鼻梁、臉頰滾了一個「8」字形，最後竟是撞進他的眉心，鑽進他的空間裡了！

「他、他跑到我的空間裡了！」

「哪一個空間？」阿奇納緊張地追問。

晏笙一共有三個空間，如果元素精靈是跑進天選者系統空間或是萬宇商城系統空間那還好，因為這兩個空間都屬於外來品，跟晏笙無關，就算毀壞也不會對他造成傷害。

要是元素精靈是跑進專屬於時空商人的空間，那就糟糕了！因為時空商人的空間是與晏笙的靈魂連接的。

時空商人的空間就跟阿奇納的伴生武器一樣，是生命的共生體，相當重要的存在。

「是、是商人的那個空間……」晏笙也知道伴生空間的重要性，現在也是嚇出一身冷汗。

「怎麼會跑進那裡？你試試看能不能將他趕出來！」阿奇納著急地握住晏笙的手，恨不得自己也鑽進去晏笙的空間，幫他驅逐元素精靈。

晏笙探入精神力，試圖捕捉元素精靈，只是元素精靈的行動實在是太靈活了，他忙出了一身汗，卻依舊沒有抓到他。

「鈴鈴鈴、鈴鈴鈴……」

元素精靈在空間裡頭轉圈，發出一連串愉悅的聲響，晏笙總覺得，對方是在嘲笑他。

「怎麼辦？」晏笙驚慌失措地向阿奇納求救。

「我、我也不知道，不然我回去問大長老？」阿奇納說著就要傳送離開。

「等等、等等。」達格利什連忙拉住他，「你們不用擔心，元素精靈沒有破壞力，不會對晏笙造成影響的。」

「真的嗎？」晏笙和阿奇納異口同聲地追問。

「真的。」達格利什篤定地點頭，「聽說以前的元素精靈很多，不少冒險者和獵盜都喜歡捕捉元素精靈，元素精靈本身並沒有戰鬥能力，他們唯一自我保護的手段就是飛行，但是你們也看到了，連崽子們都能抓到元素精靈，其他人怎麼可能抓不到？所以元素精靈就越來越稀少，現在都快變成傳說中的滅絕生物了……」

「嘰啾！我找到了！」大寶突然大喊一聲，打斷達格利什的話，「我從血脈傳承中找到跟元素精靈相關的資訊了！」

達格利什已經說完他所知道的元素精靈資訊，現在聽大寶這麼說，他也跟著專注聆聽。

能被血脈傳承儲存的資訊，都是經過先人祖先驗證過的，準確性相當高，比部落口耳相傳的故事要準確多了。

「小爸別怕，元素精靈進入空間是好事呦！我們的血脈傳承說，元素精靈具有改變空間的能力，他們可以擴大空間、優化空間，甚至能把空間改造成小世界！嘰啾！」

「啾啾！只能夠改造時空商人的空間啾！」二寶跟著補充大寶沒說清楚的話，「時空商人的空間有時空法則，跟其他的空間不一樣，其他空間是死的，沒有時空法則，時空商人的空間有時空法則，是活的，所以才能改造成小世界喔！」

「嘰一，要變成小世界，要找到星球基石啾……」小寶說出其中最重要的要點。

「星球基石？那又是什麼？」阿奇納好奇地詢問。

「嘰啾！星球基石就是星球的心臟！」大寶飛快地搶答，「有星球基石才能夠變成活的星球，才能夠在上面生活，沒有星球基石的星球就只是一堆石頭，就像那些隕石和死星一樣，嘰啾！」

聽完解釋，晏笙開始在萬宇商城搜尋星球基石，卻發現商城中並沒有這類商品，他反倒在委託頁面看見有幾個重金求星球基石的帖子。

看著那些帖子給出的酬金，晏笙只覺得眼暈。

「為什麼用星球換星球基石？星球基石最後不就是變成一顆星球嗎？」晏笙將委託帖公開放出，讓眾人觀看。

阿奇納和達格利什一同搖頭，他們也看不明白這是什麼操作。

「啾啾！因為星球不一定會有星球基石呀！」二寶給出了答案，「下等星球都是沒有星球基石噠！啾啾！」

「嘰啾！星球基石可以培養喔！」大寶接著說道：「時空商人可以用星球基石培養自己的空間，一些資源貧瘠的下等星球，融入星球基石以後，可以變成中等星球甚至是高等星球！嘰啾！」

宇宙間的星球眾多，根據星球上的資源和能量，可以劃分出好幾等的等級，不過最基本的劃分就是下等星、中等星、高等星和超級星。

「啾啾！還有、還有！要是星球快死掉了，也可以用星球基石救活喔！」二寶補充著大寶沒提到的說明。

「嘰啾！要是生活在高等星球或是超級星球，修煉的速度會很快，後代的資質也會很優秀啾！」大寶繼續解說道：「聖薩曦族的母星就是高等星球，崽子們一出生就是鑽石級的身體資質喔！」

「鑽石級？你們不是黃金級嗎？」阿奇納反問。

「嘰啾，那是因為我們沒有在聖地待到誕生，能量吸收不夠，體質才會這麼差……」大寶提起這件事，心情也有些沮喪。

他們的種族明明那麼強大，卻因為那莫名其妙的敵人，全族覆滅，星球也毀於一旦。

他們不只失去家人和族人，也失去了家鄉。

晏笙輕撫大寶的背部，給予無聲的安慰。

大寶他們失去族人和家園的哀傷，他無法感同身受，卻能夠理解無根漂泊的孤寂，因為現在的他，也是一個無根之人。

雖然家鄉仍在，他卻再也回不去。

晏笙深吸了口氣，緩緩吐出，像是要吐掉胸口的悶氣，他張口想要說些什麼改變氣氛，卻被「鈴鈴鈴」的聲響打斷。

「鈴鈴鈴、鈴鈴鈴……」

先前飛入他空間裡頭的元素精靈自眉心處飛出，而後像是呼朋引伴一樣，將其他元素精靈叫了過來，就連被大寶和二寶抓著的元素精靈也掙脫了他們的爪子，跑去跟夥伴們湊在一起。

幾十隻元素精靈包圍住晏笙後，一窩蜂地衝進他的空間裡頭。

「……」晏笙看著繞著他的空間飛行的元素精靈們，覺得有些無奈。

這群元素精靈看起來就像是要在他的空間紮窩了，然而他這個「房東」可沒同意啊！

「要入住至少也交個房租，這是強占啊！」晏笙咬牙切齒地嘀咕。

雖然他因為有天選者系統空間和商城空間，自己的空間使用率不高，只放了幾樣私人物品，可是要說到三個空間他最重視哪一個的話，肯定是自己的空間，因為只有這個空間才是專屬於他的，不是別人可以任意拿走的。

然而，現在他的專屬空間裡卻出現了一群強盜，想要在他的空間裡頭「占地為王」，這實在是讓他很不爽啊！

不曉得是不是感受到晏笙的怨念，元素精靈突然一窩蜂地飛出了空間，而後在礦洞裡頭四散開來。

「他們……在做什麼啊？」阿奇納看得滿臉納悶。

「嘰啾！他們碰到的東西都不見了！」大寶發現其中不尋常的地方。

「啾啾？元素精靈也有空間？」二寶歪著腦袋，滿臉困惑。

傳承知識裡頭可沒有提到元素精靈有空間呢！

「嘰—……他們在搬家？」已經恢復體力的小寶，慢吞吞地飛到晏笙頭頂趴著。

「搬家？」

眾人仔細觀察元素精靈的動作，發現他們的行為確實很像是在「打包行李」，周圍種植的花草植物、雨時花和能源礦石都在他們的碰觸下消失不少。

「他們想搬去哪？」阿奇納脫口問出後，腦中隨即閃過答案。

不只是阿奇納想到了，其他人也是，所有人的目光都集中到晏笙身上。

「……」晏笙無奈地抹了一把臉，「如果我現在立刻傳送離開，逃得了嗎？」

他手上可是有店鋪和倉庫的傳送卡，隨時可以傳送走人。

「逃是逃得了，可是你不覺得可惜嗎？」達格利什笑嘻嘻地反問。

「……所以我才在猶豫。」晏笙皺著眉頭回道。

元素精靈可以優化和改造空間，這一點真是很吸引人。

就算沒有這個優點，衝著「宇宙即將滅絕的珍貴物種」這一個名頭，晏笙也想收留他們。

說是虛榮也好，這種「別人都沒有，只有我有」的感覺，還真是挺不賴的。

晏笙唯一擔心的是，這些元素精靈會不會住著住著就把他的空間占為己有，這是他絕對不能容許的底限。

只是他也沒辦法跟元素精靈溝通，不了解他們的想法，這就讓他為難了。

第六章

跟元素精靈綁定

等到元素精靈將礦洞中珍貴的東西收拾一空時，元素精靈掉頭轉向，成群地朝晏笙而來。

這麼突然逼近，晏笙下意識地倒退一步，卻忘記自己正站在浮空板上，人就這麼往後倒下。

而他們的下方是重螢水湖泊。

「小心！」

阿奇納及時拉住了晏笙，然而，沒等兩人鬆口氣，阿奇納的手被元素精靈撞開了！

一窩蜂朝著晏笙撲來的元素精靈們，帶著晏笙一起摔入湖泊中。

「晏笙！」阿奇納著急得想要跟著跳進水裡，卻被達格利什拉住了。

「先等等……」

「等什麼等！晏笙他都沉下去了！」阿奇納暴躁地大吼。

「你下去也一樣沉！這可是重螢水！」達格利什朝他吼了回去。

「那、那、我、我有氣泡！」阿奇納愣了一下才想起氣泡保護罩。

「氣泡保護罩只會保護氣泡裡頭的人，而且保護層一旦破裂就會瓦解，你要怎麼穿過那層保護層將晏笙拉進去？」

「……」阿奇納語塞。

「嘰啾！大爸笨笨，小爸有保護罩啾！小爸可以躲在保護罩裡頭啾！」大寶一副「小爸不會有事」的表情，然而他發顫的聲音聽起來卻完全不是這麼一回事。

「啾啾，小爸很聰明，不、不會有事噠！」二寶已經紅了眼眶，話也說得抽抽噎噎。

「嘰——，小爸有商城，小爸很厲害，小爸、小爸嗚哇啊啊啊啊啊！我要小爸啊啊啊……」小寶說到最後，直接嚎叫著哭了出來。

小寶這麼一哭，大寶和二寶也跟著哭了。

「我、我們可以坐氣泡下去，陪他……」布奇麗朵細聲細語地提議道。

當眾人待在湖面心急如焚時，晏笙正在往下沉。

入水後，晏笙感受到一股熟悉的、宛如膠水一樣的黏性，已經知道重螢水特性的他並不慌張，拿出了氣球屏障準備將自己包裹住，這樣他就不會繼續往下沉，而是會被推著上升。

就在這時，一股強大的拉力襲來，將他拖著快速往水底深處陷落，而他拿在手上的氣球屏障也因此意外脫手。

晏笙抿著嘴，冷靜地拿出小型氧氣口罩戴上，讓自己可以在這片水中呼吸。

他按照先前的做法，將湖泊的重螢水都抽進商城空間，想用這種方式讓自己脫困，而後他發現，鑽進他的個人空間的元素精靈們竟然也在抽取重螢水，不過這些精靈是將重螢水抽進他的個人空間。

難道這些重螢水是優化空間的媒介？

晏笙這般想著，便停止了商城的抽取，轉而學著元素精靈的動作，將重螢水引入空間裡頭。

水流「嘩啦啦」地流著，耳邊還有「咕嚕咕嚕」的氣泡聲響，沒有性命危險的晏笙，心平氣和地看著重螢水流入空間，看著元素精靈們在他的空間裡頭忙碌。

他們繪製出一個像是魔法陣的發光圖案，將重螢水導入魔法陣裡頭，重螢水便自動在魔法陣裡頭流轉。

魔法陣就像是無底洞一樣，不管引入多少重螢水，全被它吸收，半點都沒有溢出到魔法陣外圍。

如果晏笙不知道這是自己的空間，恐怕會以為這魔法陣底下挖了一口深井。

湖泊的拉力依舊存在，但是隨著水位的下降，拉力也漸漸削減，不過即使如此，沒有特地往上游的晏笙還是持續往下沉。

晏笙本以為他應該很快就會觸碰到湖底，但是他下降了許久，卻依舊持續漂浮著，這種情況讓他很驚奇。

原本面朝水面的他，忍不住轉身往水底下看去。

晏笙本以為會看到跟水面相同的璀璨斑斕，卻發現這湖泊底下竟然是絢爛斑斕的極光繚繞，一條條寬大、輕盈、如夢似幻的極光在湖底飄蕩。

晏笙只在電視和網路影片中看過極光，如今親眼見到這片美麗的景致在自己的腳底下綻放，讓他驚喜萬分。

雖然極光的位置有點不對，不過這一點小瑕疵算不了什麼。

晏笙主動往下潛去，想要觸碰那如同鮫紗一樣夢幻又美麗的極光。

當晏笙的指尖碰觸到極光的邊緣時，他彷彿聽到一聲奇異的聲響，而後極光就被他的手指「吸收」了。

還沒回過神來的晏笙，茫然地看看手指，又看看周圍漂浮的極光。

他試探地再朝另一道極光伸出「魔掌」，指尖與極光相觸時，極光再度被吸收了。

什麼時候我的手能吸收光能了？

晏笙眉頭一皺，覺得事情不尋常。

他下意識地查看自己的空間，毫不意外地發現，被手指吸收的極光正飄浮在空間上方，將空曠的空間上方點綴得奇異而瑰麗。

再仔細打量，晏笙又察覺到，空間上方竟然有魔法陣在極光中若隱若現。

視線下移，晏笙發現空間底部除了先前的魔法陣和重螢水池之外，還多出了許多花花草草、彩色水晶和寶石、礦石，那些東西正是先前元素精靈打包的「家當」。

突然間，空間裡頭又多了幾條極光，晏笙很訝異，因為他只碰觸了兩條極光，並沒有繼續碰觸其他的。

注意力回轉到外界，他發現周圍的極光朝他聚集而來，並在距離他十幾公分時消失了。

晏笙再度關注空間，那幾條消失的極光都出現在空間裡頭。

所以我現在不用碰觸極光也能吸收它們？

晏笙隱約地察覺到，那些元素精靈在改變他的空間時，似乎也間接地改造了他的身體了。

這些元素精靈究竟想做什麼？

這樣的改變是正常的嗎？

空間跟身體是有聯繫的，空間變動了，身體也跟著有變化，應該是正常的吧？

種種疑問浮現，卻沒有人能幫晏笙解答。

重螢水還在往下方的魔法陣注入，極光依舊也被上方的魔法陣吸收著。

兩個魔法陣吸收的聲勢浩大，彷彿不將這兩者抽光就不停止一樣。

晏笙突然產生一個疑問：要是重螢水跟極光都抽乾了，這兩個魔法陣還會持續運作嗎？或者它們會改為吸收其他東西？

又或者兩個魔法陣會合併起來？還是它們會生出許多小魔法陣？

晏笙胡亂猜想著。

現在的他，因為莫名吸力的影響，在這重螢水裡完全動彈不得，也就只剩下思維活躍，能夠讓他在這種奇怪的境地中苦中作樂地轉移心神了。

「啵！」

一聲極輕微、像是氣泡在水中爆破的聲響響起，緊接著而來的是撕裂般的劇痛。

這種疼痛並不只是肉體上的痛楚，而是宛如靈魂和身體要被撕開的痛。

他們要幹嘛？搶走我的空間嗎？

晏笙第一直覺就是這些元素精靈要將他的空間跟他剝離，否則怎麼會這麼痛！

沒等他做出反抗或是其他反應，晏笙腦中像是被炸彈重重地轟炸了一下，眼前一黑，就此暈了過去。

晏笙從黑暗中甦醒時，見到的是熟悉的投影天花板，這次天花板的景觀換成了鬱鬱蒼蒼、帶著清晨霧氣和露水的森林。

房間的制式布置同樣很眼熟，跟之前住的醫院病房相同，然而，這次房間內並沒有人照顧他，阿奇納、崽子們和達格利什、布奇麗朵都不在這裡。

待在靜悄悄、沒有半點聲音的病房內，晏笙覺得有些彆扭，他還是喜歡熱熱鬧鬧的。

不過他現在也沒那份心思傷春悲秋，他還惦記著昏迷之前的事情呢！

我的空間還在嗎？該不會被……

晏笙急忙探入精神力檢查，赫然發現他的空間已經完全變了一副模樣。

他原先的空間就是一片空蕩蕩的銀白，乾淨、無垢、清爽、寬闊，而現在，他的空間裡頭多了好多東西——布滿空間上方的魔法陣，周圍飄蕩著美麗的藍綠色極光；底下是閃爍著螢光的重螢水池，池子周圍被魔法陣圈禁，重螢水無法跨過魔法陣流到外頭；色彩繽紛、繁複多樣的各種奇花異草遍地生長，不同顏色的能量礦石成了界線，將這些植物一一區隔開來；空間正中央出現一座建築物群，這些建築物的外觀如同水龍捲一樣，旋轉、交錯著盤繞而上，像是撐起天地的支柱，傲然地聳立著。

元素精靈在水龍捲狀的建築物之間穿梭，像是在建構和修改著什麼，每次他們成群地飛進或是飛出時，這水龍捲建築物總會泛起不同的魔法陣圖案和光芒，看起來頗有奇幻感……

不過現在晏笙可沒心情欣賞這些，他現在很緊張、也很生氣，他覺得他的性命受到了威脅，要是不能跟元素精靈溝通出個結果，他或許會考慮將這個空間毀了，即使這麼做有可能讓他遭受重創，甚至成為廢人，他也不會後悔。

他寧可沒有空間，也不想被人掌控住他的空間和命脈。

晏笙的脾氣雖然溫和，總是與人為善，好像不管發生什麼事情都不會讓他真的發火，然而，這樣的他卻有個完全不能碰觸的底限，那就是「生命」。

因為身體不好的關係，他曾經多次受到病痛折磨，即使如此，他還是努力地撐著，拚命地活了下來，而曾經死過一次的遭遇讓他對於「活著」的執念更重。

他想要活著，健康地活著，自由地活著！

而元素精靈占據他的空間又擅自進行莫名的改造，完全就是踩在他的逆鱗上！

晏笙調動所有精神力量，將元素精靈禁錮住。

「鈴鈴鈴、鈴鈴鈴……」元素精靈發出一連串的聲響。

「這是我的空間，你們沒資格改造它。」

「鈴鈴鈴、鈴鈴鈴……」

「我從沒同意你們在我的空間居住。」

「鈴鈴鈴、鈴鈴鈴……」

「請你們離開！」

「鈴鈴鈴、鈴鈴鈴！」

「要是你們硬要留下，那我寧願炸了它！」

「鈴、鈴鈴鈴！」

元素精靈像是在商議著什麼，而後他們集體增強了亮光，一道光束自元素精靈們發出，聯繫上晏笙的精神力。

「鈴！我們，沒有，惡意，鈴！」

明明耳邊聽到的是「鈴鈴鈴」聲，但是在意識光束的連接下，晏笙莫名地理解了他們的意思。

「鈴！我們，需要，生存。」

「這不是你們侵占我的空間的理由。」晏笙絲毫不退讓。

「鈴！生存，共生，空間。」

「你們是說……你們已經將自己的性命跟我的空間綁在一起了？」即使用詞模糊，晏笙還是聽懂了他們要表達的意思。

「對。」

「為什麼？」晏笙完全無法相信會有這麼荒謬的事情發生。

「鈴！滅絕，生存。」

「元素精靈就剩下你們？那也不一定要跟我的空間連在一起啊！你們不是在原本的地方住得好好的？」

「鈴！發現，追捕，危險，死。」

晏笙感受到元素精靈們發散的委屈和不滿。

追根究柢，要不是晏笙他們因為一時好奇想要找重螢水源頭，他們也不會闖入元素精靈棲息地，被驚擾的元素精靈也不會嚇得被迫搬家，他們可不認為晏笙他們離開後，不會再有其他人過來。

「這都什麼跟什麼啊……」晏笙鬱悶地抹了把臉。

「鈴！我們，不搶，空間。」

「不搶？不搶你們把我的空間改成這樣？」晏笙嗤笑一聲，完全不相信，「還有之前我為什麼會痛暈過去？你們對我做了什麼？」

「鈴！我們，保護，強化，借住。」

元素精靈改造了晏笙的空間和精神力，讓晏笙和空間變得更加強大，可以抵禦外來的入侵力量。

「只是借住？找到合適的地方你們就會離開？你們能保證？」晏笙皺著眉頭問道。

「鈴！契約，平等。」

元素精靈一閃一閃地發光，一個金色魔法陣圖案飄浮在空中。

這是一種平等契約，保護著雙方的權益。

契約內容相當簡單，在元素精靈找到更合適的地方前，晏笙讓元素精靈們暫住在空間裡頭，而元素精靈們會在借住期間保護空間，不讓外人入侵空間，並且，元素精靈在空間裡頭生產的物品，像是能源礦石、奇花異草、重螢水等等，每年會分出三成給晏笙，充當房租。

晏笙想了想，跟元素精靈溝通後，將房租從年繳變成月繳。

這樣一來，他在萬宇商城的店鋪每隔一段時間就能放上一兩樣珍貴、稀罕的商品出售，可以吸引更多顧客關注。

「能夠入侵空間的人有很多嗎？」晏笙有些擔心地詢問。

他雖然接觸過天選者系統和商城的系統，但是系統的存在在他看來只是「寄生於身體」，他從沒想過存於意識的空間也能被入侵。

「鈴！很多，壞人，操控，意識，剝奪，空間。」

元素精靈也有傳承，而且他們因為本身的特殊性，傳承型態相當特別。

元素精靈擁有著共同意識，一隻元素精靈遭遇到抓捕、獵殺時，會將這份記憶同步傳給其他元素精靈，讓其他元素精靈擁有著同樣的記憶，記錄下同一件慘事。

在不斷交錯記憶、代代相傳的情況下，他們所儲存的傳承知識量相當龐大，要是時間足夠，他們甚至可以從第一代元素精靈所在的遠古時代說起，一直講述到此時此刻。

「那要是我被殺死了……空間還存在嗎？」晏笙遲疑地問道。

他無法告訴元素精靈，就算他們躲到他的空間裡頭，他們的行為也已經被天選者系統錄製下來，說不定已經有很多人看到了，也說不定……已經有不少人打上他們的主意了。

他雖然都以正面觀點看待世界，卻也不會認為這個世界只有光明沒有黑暗，在危機到來之前，他總是要做出他能想到的最糟糕的規劃。

例如，有人可能會「殺人奪寶」；例如，有些人可能會抱持著「得不到就毀了」的想法對付他；例如，有人會想要囚禁他、控制他，讓他為他們所用……

「鈴！死亡，空間，毀滅。」

「那你們呢？空間毀了，你們會怎麼樣？」晏笙又問。

要是他死了，這群元素精靈會跟著他和空間一起毀滅嗎？

或者他們有辦法離開空間，繼續生存？

「會，離開。」

元素精靈自然有自己的逃生秘訣。

「那就好。」晏笙鬆了口氣地點頭。

雖然他不喜歡元素精靈先斬後奏的占據行為，卻也沒想過要拉著他們一起死。

他不想要背負他人的性命，尤其這還是一個快要滅絕的珍稀種族！

「那麼……契約該怎麼簽？直接碰觸這個魔法陣嗎？」晏笙看著那個還懸浮在空中的金色魔法陣問道。

「不是，源圖，靈魂，契約。」

元素精靈「鈴鈴鈴」地糾正，說這些看起來像魔法陣的東西叫做「源圖」，是古人從宇宙法則研究演化而來，契約時需要以靈魂進行契約。

晏笙探出精神力想要進行契約，卻被元素精靈阻止了。

「鈴！靈魂！契約！靈魂！」

「精神力不就是靈魂嗎？」晏笙不理解地反問。

他從天選者系統的教學課程中，學到的就是這樣啊！

「鈴！不！鈴！不！不！鈴！鈴！鈴！」

對於靈魂和精神力，元素精靈顯然有不同的解釋。

在元素精靈的解說中，晏笙才知道，精神力雖然是靈魂發散出來的力量之一，卻不能代表靈魂，就好比「人」擁有手腳，卻不能單獨指著手腳說「這個就是人」。

元素精靈又說，人體其實等同於小宇宙，而靈魂便是小宇宙的本源，在各種契約方式中，靈魂契約才是最高級、最不會被鑽漏洞的契約，那些用精神力、用血脈、用其他方式簽訂的契約，都有各種方式可以鑽漏洞毀約，並不可靠。

在元素精靈的教導中，晏笙學會使用靈魂本源的力量，簽訂了契約。

契約簽訂後，晏笙很明顯地感受到，他的靈魂似乎滲入了某種力量，這股力量帶有約束，卻也讓他跟元素精靈的聯繫更加緊密。

現在即使元素精靈沒有聯繫他的意識，跟他進行「連線」溝通，他也能簡略地理解他們的意思。

「鈴！鈴鈴，靈魂，修煉……」

看在晏笙很配合又很坦誠的份上，元素精靈還傳授給他修煉靈魂本源的方法。

根據元素精靈所說，靈魂本源修煉得越強大，精神力會跟著增強，學習跟靈魂相關的技能時可以事半功倍，而且靈魂本源修煉到一定程度後，甚至可以忽略肉體和壽命的限制，完全以靈魂體的方式存在於這世間。

只要靈魂不滅，便是永生。

晏笙沒想過永生，但是如果能夠讓自己變強一些、活得久一點，他自然也是很樂意的。

宇宙那麼遼闊，他想要到處去看看，而想要做到這一點，他必須先要有自保的能力才行。

阿奇納比他強大許多，可是離開次元星域後，他也是要縮著尾巴行事。

就如同在墟境那裡，阿奇納只能窩在墟境的外圍，還要處處小心，避免得罪不能得罪的人，而他更是連前往墟境的資格都沒有……明明那枚幸運金幣是他們一起發現的。

雖然那次他嘴上沒說，心底其實是有些小彆扭的。

他想著，等到他完成天選者的測試後，一定要跟阿奇納去一次墟境，而且是進入墟境裡頭，不是待在外圍的安全地帶。

意識抽離空間，晏笙開始觀看元素精靈給的《靈魂修煉法》。

元素精靈是以靈魂烙印的方式將《靈魂修煉法》烙印在他的靈魂上，這種方式可以讓他永遠不會遺忘，但是烙印只是烙印，學習和理解還是要靠晏笙自己努力。

這套據說是遠古時期傳下的《靈魂修煉法》，教學方式卻不是以文字進行，而是有一個看不清臉龐的朦朧身影在晏笙面前演示，伴隨著沉穩、平和的聲音講解。

教學的語言很陌生，是晏笙從沒學過的語言，但是他卻奇異地「聽懂」了。

就如同先前元素精靈與他的溝通一樣。

難道遠古時期的種族都是這樣對話的？

這樣的猜想在晏笙腦中一閃而過，隨後便被拋開。

遠古時期離現在有幾十億萬年遠，那個時期的歷史大多已經失傳，一些流傳下來的軼事當故事聽聽就好，不用太過鑽研。

晏笙瀏覽著《靈魂修煉法》，卻意外在〈靈魂本源力量運用篇〉中，見到了元素精靈所使用的源圖和晶牌製作、晶牌戰鬥以及晶牌各種用途等資訊。

利用晶牌進行戰鬥並將晶牌運用在生活中，竟然是遠古時期最常見的情況！

可是他在次元星域這裡，並沒有看見其他人使用過晶牌，饋贈記憶中也沒有這方面的相關印象。

要說這晶牌失傳了，他卻又能在萬宇商城見到相關的商品，並不是什麼隱密的存在，實在有些矛盾啊……

晏笙皺著眉頭，向天選者系統詢問了晶牌相關資訊，得到的結果卻是一問三不知。

如果不是百嵐聯盟刻意將晶牌資訊抹去，不讓天選者們知道，就是連百嵐聯盟也不清楚晶牌的存在，至於是哪一種……

晏笙並不想深入探究，因為他知道，就算他鑽研了，他也不見得能夠得到真正的資訊。

天選者並不是只有他一人，也不是只有一代，那麼多前人都沒能窺探到的隱密，他又憑什麼認為自己一定能夠得到真相？

還真當自己有主角光環？幸運值爆表？呵！

晏笙很感謝自己擁有饋贈記憶，正因為擁有這些記憶，才讓他不會自視甚高，以為自己真像小說中的主角，擁有讓人拜倒的王霸之氣。

饋贈記憶中出現了許多驚才絕豔的天才人物，這些人比他更加聰明、比他更加強大、比他更加積極進取、比他更有野心，也比他善於交際、比他更會揣摩人心……

然而，這些人之中，真正活到壽終正寢的，卻不到一成。

因為他們太過聰明、太過厲害、太過強大，他們認為自己這麼傑出，肯定可以在這世間成就一番偉業，於是他們野心勃勃地圖謀，最後卻失去了謹慎、失去了性命、失去了未來。

晏笙並沒有那些人的野心，他只想要平安快樂、悠閒舒適的生活。

他很慶幸，自己擁有萬宇商城，能夠得到比其他人還要廣泛的資訊，也多了更多的保命方式。

「橘糰。」

晏笙將橘糰從空間中喚出，橘糰在他懷裡滾了個圈，而後乖巧地趴在他的大腿上。

「咪嗚～～」

晏笙笑了笑，將橘糰摟在懷中，撫摸著牠柔軟的毛髮，橘糰瞇著眼睛，發出舒服的呼嚕呼嚕聲。

「橘糰，幫我查詢晶牌相關的商品。」

「咪嗚～～好噠！」

橘糰眨了眨眼，幾十面光幕隨即出現在晏笙面前。

因為晏笙將光幕調成公開，觀看直播的觀眾們同樣也能看見，對晶牌同感好奇的人也跟著觀看。

「有跟晶牌介紹相關的嗎？像是晶牌的由來、歷史和晶牌用途介紹之類？」

晏笙問道。

「咪嗚～～有！」

光幕迅速移動位置，跟晶牌介紹相關的光幕來到晏笙面前。

雖然商品種類多，但是很多商品都是同一本書，晏笙選了價格最便宜的《晶牌起源》買下，又挑了《晶牌類別概述》、《晶牌基礎製作》和晶牌製作的材料和工具。

東西不多，卻把他這陣子賺到的星幣花掉一半。

看著擺在床鋪上的書籍和物品，晏笙摸了摸橘糰。

「你知道這些晶牌都是誰在製作和運用嗎？」

「咪嗚？橘糰不懂晏笙的意思。」橘糰甩了甩尾巴，「晶牌是由晶牌製造師製作的，運用……很多人都在用啊！」

「可是次元星域這裡並沒有晶牌。」晏笙回答道。

「咪嗚～～因為晶牌都是最高文明和高等文明宇宙以及他們的附屬文明在使用的。」

晏笙擼貓的手略一停頓，「高等文明」這個詞彙他聽到過幾次，不過都沒有深入去了解。

「這些文明等級是怎麼判定的？次元星域這裡算是什麼樣的文明等級？」

「文明等級是以該宇宙的種族資質、文明發展、資源豐富性、宇宙開發程度、外宇宙探索程度等等進行判定的，大致可以分為低等文明、中等文明、高等文明和最高文明四個大類別，每一個大類別又細分成好幾個小類別，小類別有很多稱呼，像是你所熟悉的青銅級、黑鐵級、白銀級、黃金級……或是水門境、阿羅境、別卜境……或是黃域、青域、紅域等等，每一個宇宙都有它自己定義的稱呼，不過它們的本質是差不多的。」

概略介紹完畢後，橘糰頓了頓，又道：「次元星域是低等文明咪嗚～～」

「只是低等？我還以為至少會是中等文明呢！」晏笙頗為詫異地說道。

在他看來，次元星域已經可以說是相當神奇的地方，不管是科技或是資源都比地球厲害多了，結果這樣的地方竟然只是低等文明？

那中等文明和高等文明又是什麼樣的情況？

「你知道墟境嗎？墟境那裡算是什麼樣的等級？」

次元星域以外的世界，晏笙只知道墟境，也只能拿它來舉例。

「咪嗚～～墟境是最高等文明的某位大人物所創造出來的特殊區域，無法進行分類，只能說是那位大人物的『領地』。」

「制裁者？」晏笙曾經聽阿奇納提過，墟境的制裁者擁有極大的權力。

「咪嗚，不是制裁者，制裁者是那位大人的手下。」

「……」晏笙想想也對，當老闆的，手底下都會有一堆人替他辦事，哪裡需要親自出面管理爭執、打架這類的瑣碎事物呢？

晏笙沒有疑問想問了，他隨手點開《晶牌起源》閱讀。

《晶牌起源》敘述了晶牌的由來，裡面也提到晶牌在遠古時期就存在，中間因為幾次的宇宙大戰，導致晶牌的製作手藝和稀罕的晶牌失傳，就剩下一些常見的、基本的晶牌還存於世間，傳承至今。

據說遠古晶牌的威能是現代晶牌的好幾百倍，星際考古學者到處尋找晶牌遺跡，並試圖復甦遠古晶牌，而現代的晶牌製造師也不斷研發創新，創造更符合現代使用的晶牌。

《晶牌起源》並不長，約莫就是五萬多字，晏笙很快就看完了。

看完了《晶牌起源》，他又點開了《晶牌類別概述》，這本書又更薄了，字數約莫三萬多，不過這書加了不少圖片解說，排版又寬鬆，所以書籍厚度看起來反而比《晶牌起源》厚一些。

《晶牌類別概述》介紹了晶牌的大致分類，晶牌共可分為七種：能源類晶牌、戰鬥類晶牌、防禦類晶牌、輔佐類晶牌、封印類晶牌、治療類晶牌，以及不屬於以上六種屬性的特殊晶牌。

晶牌分類說完了，接下來就是簡略介紹：能源類晶牌就是可以當成能源供應的晶牌，戰鬥類晶牌就是用於戰鬥，防禦類晶牌就是用於防禦，輔佐類晶牌就是用於戰鬥輔佐或是防禦輔佐，封印晶牌可以將人、物體或是攻擊招式封印起來……

這般像是廢話一樣的介紹結束後，作者大概也覺得自己寫得太過敷衍，像是在騙星幣，所以又加上了七種類別中最常見或是最有名的晶牌介紹，並順帶說了這些晶牌的製作者的身分來歷。

晏笙看完這薄薄的《晶牌類別概述》後，第一個想法就是控告這個作者詐欺！

不過是寫出這些眾人皆知的事情，外加舉了幾個常用的和有名的晶牌當作例子，他竟然也敢將《晶牌類別概述》賣到三萬星幣！這是搶錢！

「黑，真黑！」晏笙氣憤地說道：「要是這樣就能出書，我也能寫！」

「咪嗚～～可以呦！」橘糰不清楚為什麼晏笙這麼氣憤，只能順著他的話回答，「只要通過萬宇商城的審核，晏笙同樣可以在萬宇商城販售你的作品喔！」

經橘糰這麼一說，晏笙也心動了。

他有元素精靈傳給他的晶牌知識，又能從萬宇商城購買到這時代的晶牌書籍，要是他能夠將兩者融會貫通，就能寫出一本屬於自己的書籍。

他原本就想學習晶牌的製作，而出書也不過就是將他所學的知識整理出版，也能算是複習和釐清思維，一舉兩得！

晶牌的相關產品在萬宇商城很暢銷，只要他寫得不差，肯定可以販賣出去。

「如果我寫的東西有些跟別人重複了呢？」晏笙有些猶豫地說道：「像是我要寫一本跟晶牌有關的書籍，第一章是晶牌的歷史、第二章是簡述晶牌分類、第三章是晶牌的材料和工具介紹、第四章是晶牌製作……你看，這樣的話，第一章和第二章可能就跟《晶牌起源》和《晶牌類別概述》有重複的部分。」

他覺得，與其讓讀者買好幾本書，不如一口氣將全部內容囊括了。

當然，這樣的一本書絕對不是一時半刻能寫得出來的，他只是預先問清楚情況，避免日後做了無用功。

「咪嗚！如果是大家都知道的常識，重複也沒有關係喔！像是晶牌的歷史就有好多人寫，他們寫的內容都大同小異，最重要的是要加上自己的心得感想，有自己的思維在裡面，大致就沒問題了，只要作品內容重複度低於百分之八十，是不會有人檢舉你的……」

「不過要是跟專業有關，像是晶牌製作，那就要看你做的晶牌跟別人的晶牌的相似度……」

「舉例說明，最常見的戰鬥晶牌就是火系晶牌，跟火系相關的晶牌大多都有人製作、也都有申請專利了，所以要是重複度過高，會有專利判定的問題，為了避免這種情況，建議晏笙可以在製作火系晶牌時添加不同的東西，例如火龍捲加雷電、火龍捲加土牆、火龍捲加狂風……不過只有添加兩種設定還是容易跟別人的撞靈感，所以你可以讓火龍捲的外型稍作改變，像是變成火龍、火鳳凰、火流星、火焰獸，也可以讓火龍捲改變顏色或是施放時出現雲霧、彩光、聲音特效……總之，添加的元素越多，重複度就會越少，越不容易出現專利問題。

「不過晏笙要注意，添加的元素多，晶牌的不穩定性也會提高，甚至攻擊力量會衰減，達不到最好的成效，這部分該怎麼斟酌計算，還是要靠晏笙自己規劃。」

頓了頓，橘糰又道：「萬宇商城有『晶牌模擬』的服務，晏笙可以利用晶牌模擬的功能製作虛擬的晶牌，也可以用來測試晶牌的功效，減少真實的材料浪費，而且還有系統幫忙檢測晶牌完成品的情況，並給予理論數據的建議……」

「這個服務怎麼收費？」晏笙心動地詢問。

「咪嗚～～收費方式分為計次收費、包月收費和包年收費。計次收費的費用是每次三千星幣，包月收費是一個月十二萬星幣，包年收費是一年一百五十萬，外加三次晶牌製造名師免費指點……」

名師指點可是很難得的，要不是萬宇商城底蘊豐厚，可請不到這些高高在上的晶牌製造大師。

「有沒有教導晶牌製作的課程？」晏笙又問。

「咪嗚～～有晶牌製作基礎課程，更高階的只能去專門學校學習，或是自己拜師。」

「有學校？」晏笙心頭一動，但是馬上又打消了主意。

下一秒，橘糰就將他猜想到的情況說出了。

「咪嗚～～學校都在其他文明宇宙，這裡並沒有，晏笙想去的話，需要買船票搭星際飛船過去。」

晏笙苦笑。

他連次元星域都無法出去，更何況是跑去其他宇宙呢？

不過出不去也沒關係，他有元素精靈給的知識，又有萬宇商城的基礎課程可以學習，老話不是說「做什麼事情，只要基礎打好，後面就會順順利利」嗎？

他學會基礎製作以後，後面自己摸索學習，應該也沒問題。

「晶牌製作基礎課程怎麼收費？上課時程是多少？」

「基礎課程收費有兩種，一種是一套課程收費三十萬星幣，一套基礎課程大概是學習三個月，學習過的課程不能重新複習；另一種是不限次數重複學習，收費一百萬星幣。」

這種學習方式就是看個人的學習資質了，有些人聽一次課就能融會貫通，有些人必須不斷反覆溫習才行。

晏笙聰明嗎？

這個問題他自己也不清楚。

他的爺爺經常誇他聰明、記性好，奶奶也說他心靈手巧，跟她學習手工藝總是很快就能學會，可是手工藝跟晶牌製作能混為一談嗎？

「課堂上要是有疑問可以向老師提問嗎？」晏笙略顯遲疑地問。

別看他好像問出一句廢話，按照饋贈記憶中的印象，有些教學老師可不理會學生的疑問，只管完成自己分內的教學，其他一概不理會。

這類的教學方式並不能說老師不好，因為他們已經將基礎的、學生該知道的知識都教導了，剩下不肯傳授的東西是他們自己琢磨、耗費大量時間研究出來的，可以算是他們的個人機密，就像各行各業都不會將自己的秘方、密技公開一樣，這是屬於他們的無形資產。

知識無價，這句話可不是假的。

「咪嗚～～不同的老師上課方式不一樣，晏笙可以詢問服務人員或是上商城論壇查詢教師評價。」

「那個要一百萬星幣的重複學習課程，可以隨意選擇不同的老師嗎？還是只能聽一位老師的教學？」晏笙突然想起這個重要的問題。

不同的老師上課方式不同，如果他選擇可以重複學習的課程，可以聽到不同老師的教學的話，那這個課程還是有好處的。

「咪嗚！可以的喵！你可以選擇任何一個時段的課程學習，不管是剛開課的新課程，或是臨時插班都可以。」

晏笙點了點頭，也沒說要不要報名。

雖然很心動，可是一百萬星幣實在是太貴了，就算他的商店賣了不少東西，他也還是捨不得花這筆錢。

反正他有元素精靈傳給他的晶牌製作知識，也有他從商城買來的書籍，他先自己琢磨琢磨，要是真研究不出來，再去上課學習吧！

第七章
第二次的旅遊

的差異性。

晏笙對照著〈靈魂本源力量運用篇〉和《晶牌基礎製作》，很快就發現兩者

〈靈魂本源力量運用篇〉是以靈魂本源的力量進行晶牌製作，而《晶牌基礎製作》則是使用精神力的力量進行製作。

如果沒有元素精靈的解釋，晏笙可能還會遲疑猶豫，想著該修煉哪一種，而已經了解靈魂本源和精神力區別的他，想也不想地選擇了靈魂本源。

想要使用靈魂本源製作晶牌，靈魂本體就要足夠強大，晏笙現在的靈魂力量還不夠，無法進行晶牌製作。

於是他決定先嘗試著進行靈魂修煉。

靈魂本源強大了，精神力或是其他跟靈魂本源相關的力量也會有所增長，甚至肉體資質也能靠著靈魂本源滋養，變得更加健康強壯。只需要修煉一種就能附帶好幾種好處，小學生都知道該怎麼選！

按照《靈魂修煉法》上的步驟和修煉方式，晏笙閉上眼睛，靜心凝神地嘗試。

也不曉得是晏笙的資質好、領悟力高，又或者是《靈魂修煉法》的開頭修煉簡單。

他竟然只花了十分鐘的時間就完成第一階段的修煉，也能感受到靈魂本源增

強了一絲。

遠古時期對於實力的計算方式很簡單，直接以數字劃分，最低是一級、最高是十二級。達到十級就能自行創造出新生星球，十二級甚至可以創造一個小宇宙。

十二級往上還有沒有？

有！

到達那樣的境界的強者，被統稱為「主宰」，意思是「可以主掌一切，包括時間、空間、生命、靈魂，甚至是創造法則的人」。

人都是慕強的。

能有機會變強大，沒人想當弱雞。

晏笙之前學習藥劑是為了變強，學習格鬥技巧和用槍也是為了變強。

他的身體資質不好，只能這樣拐著彎強化自己，不能像阿奇納那樣，靠著強大的體質和戰鬥力碾壓敵人。

現在出現了一條更加寬敞、更加便捷快速、成功率更高的康莊大道，晏笙當然是直奔這條大道了。

已經成功從零級晉級成一級的晏笙，並沒有被成功沖昏頭，他反覆地查看自己有沒有練錯，基礎有沒有打穩，確定一切都沒問題後，他才欣喜地睜開雙眼。

他興奮地揮舞著拳頭，手舞足蹈地慶祝修煉第一步完美成功。

直播觀眾們看見他這難得一見的傻氣模樣，也紛紛露出長輩們的慈祥微笑。

雖然他們沒能看見《靈魂修煉法》的內容，但是晏笙在商城購買的那幾本書，他們可是跟著晏笙一起看了，一部分的人還將影像錄下，準備日後好好研究。

即使晏笙並不知情，但他這樣的行為也算是間接地幫助百嵐聯盟學習新型技術，讓他們很是感激。

若沒有晏笙，他們絕對不知道原來這世界上還有晶牌這樣的存在，更不曉得原來這晶牌竟然是高等文明宇宙都會學習的。

百嵐聯盟跟次元星域一樣，都是屬於低等文明，只是百嵐聯盟的等級略高一些，是低等文明中最上端的階級，只要他們加把勁、再往上衝一衝，就可以進階成中等文明宇宙，屆時，他們可以從「最高議會」那裡獲得的資源就更多。

最高議會是最高等文明共同組成的管理組織，他們負責裁判各個文明位面的紛爭，也負責監督和考核各個文明位面的發展和成長。

要是文明位面表現良好，還可以獲得最高議會給予的支持和獎勵。

考核是十年一次，下一次的考核是四年後，要是他們現在開始學習晶牌製作，能夠出現幾位晶牌製造師，到時候就能在考核中獲得加分，得到好成績！

百嵐聯盟從來都是積極進取的，他們沒有稱王稱霸、征服各個宇宙位面的野心，但他們也不願意被當作弱者、被人看輕，他們一直都在努力提高自家的文明等級，希望能夠跨過那道門檻，成為中等文明。

雖然以往的幾次嘗試都失敗了，但是這一次他們看見了更大的希望。

就算這次依舊沒能成功，他們只要能夠獲得晶牌相關知識，未來的下一代、下下一代、下下下一代……總有一代子孫能夠成功！

已經有些腦筋動得快的部落，打算透過關係請晏笙幫他們採買學習晶牌製作所需的教材、材料和相關工具了。

——讓阿奇納小王子幫忙，晏笙應該會答應吧？

——可是我們要買的數量那麼多，他要用什麼藉口？

——就說部落的人都想學習啊！

——可是阿奇納並不知道晶牌這件事吧？

——怎麼會不知道？他們之前不是發現雨時花裡面也有晶牌嗎？

——我的意思是，阿奇納並不知道，晏笙從商城找到晶牌的教學書和工具，這要他怎麼開口？

——為什麼不找金卡菈部落？金卡菈部落也有萬宇商城系統啊！

——是啊，找金卡菈就不用擔心洩漏天選者計畫了……

——哎！金卡菈那麼坑！每次找他們買東西他們都還要額外收手續費，還說這是他們的辛苦錢！

——收手續費還不打緊，畢竟請人幫忙總是要給些感謝費的，可是他們也不能收了手續費以後還把東西漲價啊！

——就是說啊！以前我們不清楚，以為那東西就真的那麼貴，結果呢？晏笙每次搜尋商品的時候，商品的價格我們都能看到，那些東西的售價可是比金卡菈賣出來的還要便宜三、四成！甚至有的只有一半價格！

——是啊！如果只是加一、兩成的價格，那也就算了，結果呢？

——金卡菈還經常抱怨說，他們幫我們採買費了多大勁，還要湊貨填補運費什麼的，我以前還真的相信了！現在看了晏笙的直播以後，我真想回到過去把以前那個蠢貨打死！

——我們從金卡菈那裡買東西，交易額都是他們的成績，他們的會員等級能夠升那麼快也都是靠我們這些部落的幫忙，結果金卡菈完全沒提這檔事，每次去跟他們交易都還要看他們臉色！呵！我要是再去跟他們買東西我就是傻蛋！

——以前金卡菈那位老族長還是挺好的，人很和善，賣的東西不算貴，而且買多了還會送贈品，但是後來這個新族長上任以後，整個部落就變了，東西賣得死貴，接待員的脾氣也不好，老是用鼻孔看人……

——是啊，以前的老族長人可好了，處事公正，不像現在這個，任人唯親，現在他們族裡的幹部都是這個族長的親信要不就是親戚……

——現在金卡菈啊，窮的很窮，富有的很富有，有錢的那一批都是跟族長有關的人，他們那裡現在流傳一句話：「跟著族長有肉吃，沒能沾上族長的，就只能啃葉子」……

——我聽說老族長原本屬意的繼承人並不是現在這個，當時他們族裡都認為會是另一個人上任，結果兩人在進行族長考核時，另一個人帶領的隊伍遭遇星盜，雙方發生衝突後，死傷慘重，那個人也下落不明……

——下落不明？不是死了？

——誰知道呢！不過這麼久都沒出現，應該也……

——我聽到的版本是，那個人被現在這個族長下黑手弄死了。

——這個傳聞我覺得也有準確性，畢竟現在這位族長心可黑了……

——我對金卡菈沒什麼意見，我選晏笙只是因為跟他買東西有打折。

——對對對！你們別忘了萬宇商城之前給晏笙的福利！

——哧！就算他有折扣，他賣給你們的東西會打折嗎？他難道不會把那些折扣自己吞了，賺更多星幣？

直播間的吵鬧並沒有影響晏笙，畢竟他又看不到彈幕，完全不知情。

此時，送大寶他們返校的阿奇納三人也回到病房了，他們發現晏笙已經甦醒，立刻找來醫生為晏笙複檢，確定他的身體沒有問題。

「身體很好，精神力增長不少，升了一階……」

醫生嘖嘖稱奇地看著檢查報告。

「你可以出院了，要是不放心，那就多吃點營養的食物，你的體重雖然在正常值的範圍，卻有些偏瘦。瞧！你的腰都沒有我的手臂粗，還是多吃一點，把身體養胖才好看。」

「醫生，你也說得太誇張了，你的手臂哪有粗啊？」

晏笙完全不相信，醫生的身材雖然高眺挺拔，但也沒有長成小巨人的模樣啊！

阿奇納扯了扯晏笙的衣袖，小聲道：「醫生的獸形是猛獁。」

晏笙：「……」

猛獁是什麼？象族中體型最巨大、最威猛的種族！

跟大象比腰粗還是象腿粗？好吧！他認輸！

離開醫院，幾個人來到阿奇納他們臨時租賃的住處繼續談話。

住處是獨棟獨院的別墅，設有隔音牆和防禦屏障，隱密性和安全性都很好，當然，這裡的租賃價格也不便宜。

不過阿奇納他們畢竟是合租，租賃費用平均分攤一下，其實跟他們去飯店住房的價格差不多。

幾個人剛在客廳坐下，阿奇納和達格利什就同時從空間裡頭拿出許多食物，打算邊吃邊聊，就連布奇麗朵也拿出了幾樣甜點，還將其中一樣布丁狀的點心推到晏笙面前，跟他分享。

原本他們並沒有這樣的習慣，可是跟著晏笙待久了以後，也都被他影響了。

待在黑瀝區的期間，只要他們返回帳篷休息，晏笙第一句話一定是問他們餓不餓、要不要吃東西？

即使他們說不餓，晏笙也會拿出一些水果、餅乾、糖果等小型零嘴給他們，還說什麼「正餐是填飽肚子的，零食是享受的」。

習慣這種模式後，現在他們只要看見空蕩蕩的桌面就覺得彆扭，會很想要在桌上擺放一堆食物。

之後的交談，自然是伴隨著糕點香氣進行的。

「崽子們一直在醫院裡等你醒來，可是你一直昏迷著，今天他們學校就要開學了，他們本來還想請假，不過我沒同意，硬逼著他們回學校，你等一下記得聯繫大寶他們，跟他們說你已經好了……」語氣一頓，阿奇納撓撓頭，「不，還是明天再跟他們說吧！不然他們肯定會怪我不讓他們請假。」

大寶他們前腳才走，後腳晏笙就醒了，才相隔幾小時就錯失了跟晏笙好好道別的機會，大寶他們肯定會生氣。

晏笙當然不會順著阿奇納的想法去做。

明知道孩子們都在擔心他，他怎麼可能故意拖延時間呢？當然是早點傳訊給大寶他們，讓他們早早安心。

傳完訊息，晏笙也說出他的遭遇。

「……元素精靈會暫時住在我的空間，他們跟我締結了平等契約，還送我《靈魂修煉法》，這個修煉法裡頭有提到晶牌的事情。你們知道晶牌嗎？」晏笙確認地詢問。

「不知道。」達格利什和布奇麗朵雙雙搖頭。

「你是說雨時花裡頭的那個？」阿奇納反問道。

「《靈魂修煉法》裡面說，晶牌在遠古時期是相當常見的東西，幾乎每個人都會，不過到了現在，晶牌只有在高等文明流通……」

晏笙拿出他從萬宇商城買的幾本書，遞給他們觀看。

「我問過元素精靈了，他們說可以將《靈魂修煉法》教給你們，你們想學嗎？」

「你、你要教我們？」達格利什驚愕地倒抽一口冷氣，「那可是遠古的修煉法，很珍貴的！」

「晏笙，這麼重要的東西你應該要保密，不可以隨便說出來。」阿奇納一臉嚴肅地警告道。

「我們是夥伴啊！我相信你們。」晏笙笑了笑。

他並不是沒有考慮過保密，可是他跟元素精靈接觸時，阿奇納他們也都看見了，總不可能跟他們說「元素精靈消失了」吧？

而且他們以後還要相處很久，他現在藏著掖著，以後總會被看出不對勁，再說了，他學會晶牌製作、學會源圖後，總是要拿出來使用的吧？到時候又該怎麼說？

雖然這些都是屬於他的個人隱私，不說出來也行，但晏笙就是覺得彆扭，像是他故意防備著阿奇納他們一樣。

雖然說防人之心不可無，可是阿奇納他們對他那麼好，也沒有壞心眼，為什麼他要防著他們呢？

況且，元素精靈都能夠大方地同意他傳授給別人，他又為什麼要小心眼地瞞著呢？

他的爺爺、奶奶常跟他說：對人要真誠。我們不奢求從別人那裡得到好處，只求自己行事坦蕩、無愧於心。

再退一步來說，一個人擁有珍貴的寶物，是懷璧之罪，可是當一群人都擁有同樣的寶物時，那還會引來他人覬覦嗎？

「晏笙，我們很感謝你的大方，但是這是屬於你的機緣，你不用跟我們分享。」達格利什雖然心動，但也知道那是元素精靈和晏笙之間的事，與他們無關。

「是啊！我們有部落傳承，也沒有跟其他部落分享過……」阿奇納點頭。

「我一個人學，要是遇到問題，也不知道要找誰問，我們大家一起學就可以互相討論……」

「你可以問元素精靈啊！」阿奇納才不相信這個理由。

晏笙揉了揉額角，頗為無奈。

他這個當事人都不介意要將《靈魂修煉法》分享出去了，為什麼阿奇納反而比他還要在意？

「可是我一個人學，要是學錯了、理解錯了怎麼辦？」晏笙以退為進，露出苦惱的模樣說道。

「我以前又沒學過這個，就算有元素精靈可以詢問，可是我跟他們不好溝通啊，要是溝通的時候出了差錯呢？你就不擔心我練錯了，把自己給弄死了？那可是修煉靈魂的呢！一點都不能馬虎……」

「這麼危險啊？那、那要不然你別學了。」阿奇納擔心地說道。

「……來不及了，我今天已經開始修煉了。」

「那、那……我跟你一起學好了，我們一起研究！」阿奇納很有義氣地提議道。

「不行、不行，你都說這個修煉法很危險了，我怎麼能拉你一起學？這樣不是害了你嗎？」

「不會的，我很厲害的，就算練壞了我也不會有事！」

「怎麼可能不會出事？那可是靈魂啊！不管多厲害的人，練錯了都會出問題的。」

「我不管！我就是要跟你一起學！」阿奇納反過來要求道。

「不行……」

「我們還是不是夥伴了？你有沒有當我是夥伴？」

眼見說服不了晏笙，阿奇納的臉一板，桌子一拍，氣沖沖地質問。

「我們一起學，要是遇到問題可以一起討論！我也可以去問長老他們，這樣就不會出問題了！」

「我也可以問元素精靈……」

「你不是說不能跟元素精靈溝通嗎？」

「簡單的溝通還是可以的……」

「我不管！要是你不讓我學，我就、我就不理你了！我讓大寶、二寶、小寶他們都不理你！」阿奇納瞪著眼睛威脅道。

哎呀！好口怕！

晏笙也跟著瞪眼，一副被威脅到的模樣。

「好吧、好吧！這可是你非要我教你的，要是以後出了事可別怪我！」

「當然不會！」阿奇納拍著胸口保證，只是胸口拍完以後……

他怎麼覺得好像有哪裡怪怪的？

「噗哧……」旁觀的達格利什已經憋笑憋得快要內傷。

他從來不知道，原來阿奇納是這麼好哄的？兩個人的立場都轉換了他竟然都沒發現！

布奇麗朵安靜地吃著布丁，眼神咕溜溜地在阿奇納和晏笙之間轉來轉去，小臉嚴肅。

最後她像是下定決心一樣，坐直了身體。

「我、我也想學……」布奇麗朵捏著手指，面露緊張和忐忑，「我、我沒辦法學族裡的傳承，我、我想學，我會付學費的！」

她無法繼承血脈傳承，在族裡已經被當成廢人，現在有晶牌這個無視血脈傳承的知識，她想要嘗試看看，說不定她能夠學好呢？

小夥伴們都在努力，她也想要努力！

「不用交學費。」晏笙微笑著安撫道：「剛才我就說了呀！我們大家一起學、一起討論，布奇麗朵這麼聰明，肯定能夠學得很好！」

「嗯！」被誇讚了的布奇麗朵抿嘴笑著，眼睛閃閃發光。

「《靈魂修煉法》是直接印在我的腦中的，你們先看這些書，我看看能不能將《靈魂修煉法》轉印到晶牌裡面，這樣你們看的時候也方便……」

雖然說，他按照腦中的知識直接抄寫出來也行，可是《靈魂修煉法》的內容實在是太多了，晏笙擔心自己在抄寫過程中出現錯誤，那樣可就害了他們了。

晏笙點開萬宇商城的購物頁面，準備多買幾份《晶牌基礎製作》和相關材料工具給他們。

「晏、晏笙……」阿奇納有些糾結地看著他。

「幹嘛？難道你又不想學了？」晏笙警戒地瞪眼。

「才不是！約定好的事情我才不會反悔！」阿奇納氣鼓鼓地嚷道：「我只是想請你幫我多買一些，我想要拿回族裡……」

阿奇納收到家裡傳來的訊息，讓他想辦法從晏笙這裡採購晶牌相關的東西，並且不可以讓晏笙知道「天選者計畫」的事情，所以阿奇納才會表現出糾結模樣。

「我也要買！」達格利什舉手說道，表情倒是很坦然。

他同樣也收到部落裡傳來的訊息了，跟阿奇納一樣，部落也提醒了他，不能讓晏笙知道太多百嵐聯盟的資訊。

他倒是不認為這有什麼，畢竟不讓天選者知道「天選者計畫」這是早就定下的規矩，更何況他們託晏笙買東西，又不是不付星幣，有什麼好糾結的？

「可以啊！你們想要買幾份？」晏笙不清楚他們和部落的聯繫，只以為他們想將好東西跟家人分享，答應得相當乾脆。

「呃……」阿奇納愣了一下，又瞄了眼族裡傳來的數量，「我、我要買一萬份工具和十萬份材料，書的話，一種買一千本，大家輪著看。」

「我也一樣。」達格利什說道。

很湊巧地，兩族的訂購量竟然是相同的。

「……要買這麼多？」晏笙沒料到數量竟然這麼大，有些錯愕。

「我、我……我想教族人！」阿奇納眼一閉，梗著脖子，將事情攬到自己身上，「你、你不是說晶牌是好東西嗎？我想教族人學……」

晏笙眉頭一挑，看出了點端倪。

「你也是要教族人？」他問著達格利什。

「對。」達格利什眨了眨眼，笑得歡快。

「我、我也想買，我想給阿爸、阿爺、阿奶、阿哥、阿姐……」布奇麗朵扳著手指數著。

「既然你們要買這麼多，我建議多買幾種版本……」

晏笙將他從橘糰那裡了解到的寫作的重複性說出來，他們多買幾種版本，就能對照其中的差異，看見不同作者的思維和理解，這對學習和研究來說也算是另類的資料收集了。

晏笙放出萬宇商城的光幕，搜尋著晶牌相關書籍，幾個人便對照著書籍資訊，互相討論著應該採購多少數量才適當。

買好了書籍，緊接著便是晶牌製作工具和材料。

考慮到他們都是初學者，所以全都是挑基礎材料和入門級的工具，這類商品的價格較為便宜，適用性也高。

採買的數量多，商家自然給了不錯的折扣，再加上晏笙自己也享有商城折價優惠，折算下來的金額比他們預期得還要低，這也算是意外之喜了。

將東西運回部落後，幾個人就開始閉關學習。

一個月後，晏笙的靈魂本源已經晉升成三級，也學會了空白晶牌的製作和「封印」技術。

晶牌的封印技術相當特別，它可以將有形的物體和無形的物體封印入卡片裡頭，要是日後有需要，也可以「解封」使用。

有形物體包括：書籍、日常用品、衣物、交通工具、建築物、山川丘陵、花草樹木、飛禽走獸、城市、星球等等。

無形物體則是：知識、技術、攻擊招式、感悟、情緒、時光、靈魂、風、光芒……

當然啦！城市、星球、時光這些存在，都是需要修行到頂級程度才能辦到的，目前晏笙只能封印簡單的東西，實體物體只能封印無生命，而且規模不能大於二十坪的套房，而無形物體則是能封印他自己的知識和技能，還做不到取用他人的攻擊招式進行封印。

學會晶牌封印後，晏笙立刻將《靈魂修煉法》刻印並封印在晶牌裡頭，交給阿奇納他們學習。

先前閱讀《靈魂修煉法》時，晏笙只覺得這《靈魂修煉法》的內容頗多，直到將它刻印在晶牌上後，他才從晶牌的數量明確感受到《靈魂修煉法》的「多」是到什麼樣的程度。

一套完整的《靈魂修煉法》竟然刻印了兩百五十塊晶牌！

若以十萬字為一本書計算，一塊晶牌約莫可以儲存將近六萬本的書，可想而知，這《靈魂修煉法》的內容有多麼龐大了。

晏笙還在學習和實作中發現，靈魂本源的力量（簡稱：魂力）相當適合製作晶牌，他使用魂力進行製作時，只需要十幾分鐘就能完成一片空白晶牌，而當他使用精神力進行製作時，往往要花上七、八個小時的時間，而且失敗率極高，大約十次的製作中只能成功兩、三次。

然而，阿奇納三人的情況卻是與他相反，他們從小就學習精神力的運用，比晏笙還要擅長掌控精神力，或許也是因為這樣，他們反而習慣使用精神力製作晶牌，只是他們的製作速度比晏笙還要慢，一片晶牌大概要花上十幾個小時製作，而且失敗率同樣很高。

晏笙還注意到，用魂力製作出的空白晶牌比用精神力製作的空白晶牌還要堅固！

他曾經試過用魂力在精神力製作的空白晶牌上進行銘刻，結果魂力觸碰到精神力晶牌時，精神力晶牌竟然就碎了！

但是如果是用魂力製作的空白晶牌，不管是用魂力或是精神力進行銘刻，晶牌都是完好如初。

一開始晏笙還以為是自己的製作問題，後來他拉著阿奇納他們一起實驗了幾十次，發現最後結果都是一樣的時候，就知道這應該是魂力和精神力的差異了。

晏笙猜測，或許那些書籍中所提到的「遠古晶牌比現代晶牌還要厲害」這件事，是跟魂力和精神力的製作區別有關？

晏笙不確定他的猜想是否正確，但是這樣的懷疑萌生後，也讓他決定以後自己用的晶牌都要用魂力製作，對外販售的晶牌便以精神力製作。

這麼一來也可以避免買到晶牌的人察覺到晶牌不對勁，進而找上門來。

阿奇納三人的學習速度很快，十幾天就將靈魂本源修煉到一級了。

不過他們並沒有一直閉關修煉，而是在得到成果後，隨即在網路上搜尋各個旅遊景點，準備帶大寶他們進行第二次的旅遊。

最後，他們選擇了名為「班薩非雷特」的地區作為旅遊目的地。

班薩非雷特是一個類似非洲大草原的地方，這裡有著大量的獸群活動，景色遼闊壯麗，放眼望去是大片大片的草原、成群結隊的動物，以及充滿血腥和野蠻氣息的捕獵……
這裡並沒有動物保護法，班薩非雷特上的動物繁衍迅速，某些物種甚至可說是氾濫成災，當地政府會在狩獵季對外開放捕獵，吸引許多狩獵愛好者前來旅遊，其餘時間則是留給當地民眾捕獵。
晏笙他們前來的時間並不是狩獵季節，不過他們選擇班薩非雷特的目的也不是為了狩獵，他們只是想要看看野生動物，順便採買當地的皮草。
班薩非雷特是有名的狩獵兼旅遊景點，卻也是「次元星域最貧窮的區域」。
這裡的貧富差距極大，有錢人過著舒適而奢侈的生活，生活在底層的貧窮人卻是住在垃圾山附近，以撿拾垃圾販賣維生。
這裡的平民市場除了有常見的食材、食物和日用品之外，還販售一種名為「扒嘎」的特殊食物。
扒嘎是一種廚餘食物。
是販賣者從餐廳的廚餘桶或是垃圾堆中撿拾出沒被吃完的剩肉，帶回家裡清洗並用熱水煮過後，再添加當地常見的香料、調味料，重新炒製出的廉價食物。

扒嘎在平民市場相當受歡迎，購買者不少，常常剛擺出來販賣就賣光了。

這些購買扒嘎的人都是貧困家庭出身，他們很可能好幾個月都吃不到一次正常的肉，於是廉價又有肉的「扒嘎」就成了他們難得的美食和蛋白質來源。

有人吃了扒嘎拉肚子，還有人因為吃了扒嘎而死亡的，然而扒嘎依舊沒有斷絕，不少當地人認為，只要處理扒嘎的方式正確，吃扒嘎是沒問題的。

「……我很希望政府下達禁令，禁止他們販賣和吃這些扒嘎，那東西實在是太噁心了！」穿著紅襯衫的導遊帶著高高在上的不屑，滿臉厭惡地說道。

晏笙等人正在導遊的陪同下參觀平民市場，前方群聚的人潮就是在爭搶扒嘎的民眾，買到扒嘎的婦女會發出得意洋洋的笑聲，迅速將扒嘎收進菜籃子裡，沒買到的人只能嘀嘀咕咕地唸叨，要老闆以後記得給他留一份。

導遊原本安排的行程中並沒有市場參觀這一項，在他看來，平民市場又髒又亂又臭，實在不是一個參觀旅遊的好去處，只是晏笙想要收購動物皮草，又想要見識見識當地的市場模樣，為了賺錢，導遊也只好帶著他們過來了。

紅襯衫導遊才三十多歲，在眾多的導遊中算是相當年輕的。

他的家族都是以導遊的職業維生，據說已經傳承十幾代了，在班薩非雷特屬於衣食無缺、還有些恆產的中產階級。

光從衣著就可以明顯看出紅襯衫導遊跟一般平民的差別，平民們大多穿著洗得泛白或是發黃、破舊補丁的舊衣服，顏色大多是耐髒的灰、黑、藍等深色調，他卻是一身嶄新亮麗，手上跟脖子上還戴著金光閃閃的飾品。

晏笙發現，班薩非雷特的有錢人很喜歡把自己打扮得鮮豔多彩，他們的衣著顏色永遠是豔麗而且搶眼的顏色，配戴的飾品都是以黃金和彩色寶石為主，數量永遠不會少於三件，無論男女老少都是這樣的打扮。

像紅襯衫導遊，他身上就有碎鑽金錶、黃鑽金項鍊、紅寶石戒指、金絲編織寬版手環以及金色綠貓眼寶石胸針。

而他的服裝搭配則是紅色短袖襯衫、亮紫色五分褲、金綠色涼鞋，頭上戴著一頂銀色寬邊帽。

整個人簡直就像霓虹燈一樣耀眼！

晏笙好奇地詢問他們的衣著是否跟身分地位有關，得到的答案是正確的。

「平民就像那些人那樣，身上一件飾品都沒有，衣服也不鮮亮。白領階級會想辦法存錢，買一、兩件飾品戴在身上，增加自己的身分地位。像我這樣在身上配戴四、五件飾品，甚至是更多的，大多是中產階級。真正的有錢人要看服裝，他們會用金絲、銀絲或是其他昂貴材料製作衣服，還會在上面鑲嵌寶石……」

紅襯衫導遊滿臉的羨慕。他現在這麼努力工作，為的也是希望自己有朝一日能夠成為有錢人！

「聽說有錢人的一件衣服差不多是我工作好幾個月的收入，不過那些鑲滿寶石的衣服還是比不上幾位貴客的衣服啦！」

紅襯衫導遊話鋒一轉，開始拍起晏笙等人的馬屁。

「我雖然看不出這些衣服的品牌，但是我也知道，幾位的衣服都是相當高級的防禦服……」他語氣誇張地稱讚著，目光更是不時地往服裝上頭打量。

他可以看出來，這些客人穿的都是相當高檔的防禦服，防污防水、自動調節體溫，還能夠防禦外來攻擊的那種。

據導遊所知，要看出一件防禦服貴不貴、高不高級，要看它的「厚度」，越輕薄修身的防禦服，代表它的製作材料和防禦力越高級，價格自然也是相當昂貴，聽說有些極品防禦服即使有錢也不一定能買到！

晏笙所穿的防禦服，顏色雖然相當樸素，卻是紅襯衫導遊見過的防禦服中，質料最好、最輕薄、最貼身的。

他之前接待過的那名客人，防禦服的厚度是晏笙的三、四倍，那位客人的手下可是在他面前炫耀了很久，說那件防禦服是花了五十幾萬星幣買的，折算成當地貨幣，是他的家族賺上五十幾年才能賺到的金額！

那位客人只有一件防禦服，晏笙可是穿了一套！

在這麼熱的天氣裡頭，穿了這麼多衣服，可是額頭連一滴汗也沒有，可想而知，這套防禦服的控溫效果有多好了。

如果按照他從別人那裡聽說的價格去計算晏笙這套防禦服的價值……

紅襯衫導遊算得心驚膽戰、頭暈目眩。

不，不對！不能光看價值！

紅襯衫導遊很快從貪念、欲望中清醒。

很多東西，不是有錢就能買到。

有些東西，只有具備一定身分地位的人才能享有，一般人別說聽說了，就連知道這樣東西的存在都是奢望！

就像是防禦服。

如果紅襯衫導遊家裡不是做導遊的，如果父兄長輩們沒有累積下來代代人脈，他也不可能知道防禦服的品級和價位。

紅襯衫導遊瞬間打定主意，一定要好好接待這群貴客！

也許他可以幸運地從貴客手中獲得打賞，也許可以更進一步地進行結交……

不管是哪一種，對他和他的家族來說都是大有益處！

第八章
班薩非雷特

「前面就是這裡最大的皮草販賣區，獵人都會拿他們的貨物來這裡出售。」紅襯衫導遊指著一處用木頭和布料搭建成的棚子說道。

棚子的面積遼闊，粗壯的木料和不明動物的巨骨支起了大棚子，棚頂是用布料和皮革交錯縫製而成的，顏色雜亂，看起來像是百家布。

長木板架成了幾十張大桌子，這些長木板就是商品架，上面堆著一堆又一堆的皮革和皮毛，有的切割成整齊的大方塊，用草繩和獸筋捆綁，有的連獸頭、獸爪都保留著，整張獸皮完完整整地攤開，像是展示品一樣地供人觀賞。

即使這些獸皮已經事先處理、清潔過了，在豔陽天的高溫燻烤下，這些皮草堆發散出一股濃郁的腥臭味，讓人不由得摀住口鼻、憋著呼吸。

由於皮草攤的氣味太過混濁腥臭，而阿奇納又是嗅覺敏銳的，擔心會熏暈他，晏笙便讓他們在外面等待，自己跟導遊進入店內採買，速戰速決！

紅襯衫導遊忍不住用絲帕摀住口鼻，硬著頭皮跟在晏笙後方。

他實在搞不懂，為什麼這些尊貴的大人物會想要買這些污穢、惡臭又廉價的獸皮？

在他們這裡，皮草是平民和窮人才會使用的東西，這些從野獸身上扒下來的皮，不僅厚重、悶熱，還帶著一股獨屬於野獸、怎麼樣都洗不掉的腥臭味！

在班薩非雷特當地，稍微有點錢的人都不會想要使用它們。

晏笙在皮草老闆的介紹下逐一鑑定不同價位和品質的皮草。

表面上不動聲色的他，心底其實也有一些猶豫。

他因為地球的慣性思維，認為皮草應該有一定的價值，卻忽略了這裡是擁有高科技的星際世界，有能夠自動調節溫度還兼具各種功能的高科技衣服穿，誰會想穿又厚又重的皮草啊？

不過他們都已經勞師動眾地跑來市場了，總不好空手離開，總該要有點收穫才行。

反正這裡的物價便宜，大不了就買幾張上等毛皮回去當墊子。晏笙暗暗盤算著。

不清楚晏笙的打算，皮草老闆以為來了大顧客，興奮地將店裡所有的上等貨都拿出來，一一堆放在晏笙面前。

看著堆如小山的各色皮草以及旁邊忙得滿頭大汗、神情相當激動的老闆，晏笙摸了摸鼻子，讓橘糰替他進行鑑定和檢測。

這一鑑定，竟是鑑定出幾種在萬宇商城中頗受歡迎的皮草！

『難道星際中也有人喜歡穿皮草製作的衣服？』晏笙好奇地詢問。

『咪嗚～～不是呦！這幾種獸皮含有一種特殊物質，這種物質在其他星際很少見，它可以用來製作某幾種機甲和星際戰艦需要的藥劑……』

橘糰將這種材料的相關網頁放上，晏笙看著那商品售價，又詢問了一下店老闆的賣價，兩相評估後，發現他竟是可以小賺一筆，便決定將這些皮草買下了。

晏笙又讓橘糰幫忙掃描店內其他貨物，想看看能不能從中挖到寶。

橘糰果然又發現幾樣具有特殊元素的獸皮。

這一番採買下來，晏笙在這家店花了五千多萬班薩非雷特幣。這金額聽起來很驚人，其實折算成星幣的話，還不過兩百星幣，由此可知，這裡的通貨膨脹有多麼恐怖了。

將購買的貨物收入商城空間，晏笙快步來到外面跟其他人會合。

「買好了？快走吧！」阿奇納急切地催促道。

他的鼻子裡頭塞了微型空氣淨化器，將那些惡臭隔絕在外，即使如此，他還是覺得那些臭味不斷從他的口鼻、皮膚滲入，讓他渾身不自在。

晏笙也不反對，跟著眾人快速離開市場。

「請問幾位客人接下來要去哪裡？」坐在駕駛座上，紅襯衫導遊客氣地詢問著。

「你們有想去的地方嗎？」晏笙詢問道。

「嘰啾！我想要去打獵！」大寶挺著小胸膛說道。

「啾啾！我想買漂亮的、亮晶晶的東西！」二寶關注街邊的首飾店很久了，對那些璀璨亮眼的首飾很感興趣。

「嘰一，我、我想吃好吃噠！」

「要買寶石最好還是去大商店買。」紅襯衫導遊婉言勸阻道：「那些小店舖賣的是水晶、礦蠟和獸骨珠，這些東西只要好好打磨、切割，看起來跟寶石很像……」

「礦蠟和獸骨珠是什麼？」晏笙好奇地詢問。

「礦蠟是礦脈的衍生產物，是一種臘狀的彩色結晶體，遇到火會融化，用火燒它的時候，有的會冒出香氣、有的會發出惡臭，帶香氣的香礦蠟會被當成香薰蠟燭使用，惡臭的臭礦蠟就沒人要了……」

紅襯衫導遊從車子的置物盒中拿出幾顆彩色獸骨珠，將它們遞給晏笙。

「這個就是獸骨珠，小女孩會將它串成手串、項鍊戴在身上，小男孩會用它玩彈珠遊戲……」

紅襯衫導遊買這些獸骨珠是要送給家中的妹妹的。

他的父親娶了不少女人，生了好多孩子。

他的母親是二妻，地位僅次於正房太太，他在家中排行第四，下頭還有五個弟弟、七個妹妹，不過跟他同屬於一個母親的只有兩個妹妹，這些獸骨珠就是他要送給嫡親妹妹的。

「一般的獸骨珠是灰色和白色兩種，表面會有斑點雜質，高級的才會出現其他顏色，獸骨珠的品質越高，顏色就會越鮮豔、透亮、純淨，我買的這幾顆就是上等獸骨珠……」

因為不少前來旅遊的客人喜歡購買當地名產，所以紅襯衫導遊對這方面也特地學習了不少。

「有些小攤販、小店家沒辦法拿到品質好的獸骨珠，就會將中下等的獸骨珠染色，有些染色技術差的用手搓一搓就掉色了，染色技術好的要將獸骨珠浸泡在酒裡，一段時間後它才會開始掉色。」

晏笙捏著一顆赤紅色的獸骨珠鑑定，發現這獸骨珠中竟然蘊含著製作晶牌的其中一種成分！

要是能夠大量收購，他在製作晶牌上的支出就可以減少了。

蚊子再小也是肉，更何況製作晶牌的材料並不便宜！

「這獸骨珠挺有趣的，有沒有可以大量收購的地方？」晏笙一邊跟導遊說話，一邊傳訊給其他人，說明他的緣由。

「啾啾！二寶也喜歡！二寶也想買！」二寶第一個響應。

「嘰一！漂釀！好看！圓滾滾！」小寶拍著翅膀附和。

「嘰啾！好吧！那我們明天再去打獵，今天先陪你們去買東西。」大寶大方地退讓，先讓小爸和弟弟們滿足願望。

阿奇納他們已經知道晏笙的目的，自然沒有意見，紅襯衫導遊便帶著他們前往最大的獸骨珠市場。

說是獸骨珠市場也不算正確，這裡除了販賣獸骨珠之外，還有獸骨、獸核、皮毛、獸筋、獸肉等等。

簡言之，只要有價值，野獸的各個部位這裡都有販售。

這裡就是一個大型的獸類批發市場。

這個批發市場比先前市集上的小攤販還要寬敞明亮，它是用木板、石塊和黃泥巴混合搭建的，泥巴牆面開了好幾個大窗口，保持良好的通風，窗戶是草編的簾子，這草簾子只有下雨的時候才會放下，其他時候都是捲起來掛在窗框上方。

「這個昆西市場是西區這邊最大的，貨樣多、品質也比外面的小攤販高……」紅襯衫導遊領著他們往裡面走。

「這裡除了賣獸類的商品之外，也有賣礦石、礦蠟，低價的寶石、水晶，也有賣糧食蔬果、香料、調味料……」

簡言之，就是一個大型百貨商場。

導遊確實沒有誇大，昆西市場的獸類商品區比先前的皮草攤還要大上幾十倍，但是腥臭味卻比皮草攤淡多了。

所有貨物被整齊地分門別類，分區堆放，每個貨架都有三、四名膚色黝黑、身材精瘦的員工負責，放眼望去盡是人潮，顧客跟員工用宏亮的嗓音比手劃腳地議價，那模樣不像是在買賣交易，反而像是在吵架，讓人看得心驚膽戰，生怕他們下一刻就開始打架。

「這裡都是這樣的……」看出晏笙他們的不習慣，導遊笑著安撫，「在這裡，說話的聲音越大聲，表示你越有底氣，是真的有錢買東西的，要是你『不夠兇』，會被以為你口袋裡頭沒有錢……」

在班薩非雷特人眼中，有錢人應該都是頤指氣使、趾高氣昂的，只有平民和窮人才會畏畏縮縮，一副低入塵埃裡頭的模樣。

所以班薩非雷特人只要口袋裡頭有錢，都會刻意放大音量說話，舉手投足也會變得粗魯野蠻。在他們看來，這樣的橫行霸道是財富和地位的象徵。

只有身處上流階層的人，才會不怕報復，才會有空閒時間炫耀他自身，因為生活在底層的百姓，每天一睜開眼睛就要煩惱賺錢和生活，哪有那麼多閒情逸致做那些有的沒的。

班薩非雷特的百姓中，約莫五成的人是農民、工人和獵人，兩成是到處打零工的勞力和拾荒者，兩成的人是白領階級和做生意的攤販、店家，剩下的一成就是上流權貴。

然而這一成的權貴，卻擁有班薩非雷特百分之七十的財富。

昆西市場就是隸屬於某個大家族的生意，它並不是那個家族的主要產業，這裡只是讓家族裡的年輕人和手下練手的地方。

「昆西家族的名聲很好，他們不會用假貨騙人，商品都有一定的品質，絕對對得起價錢。雖然他們的東西貴了一點，不過貴也有貴的保證，在昆西家族的店裡買到瑕疵品的話，是可以退貨、退錢的……」導遊口沫橫飛地推銷道。

班薩非雷特絕大多數的商店都是秉持「貨物既出，概不退換」，就算買到假貨或是瑕疵品也一樣，昆西家族的退貨保證在當地無疑是相當稀罕的情況。

販賣獸骨珠的區域上，堆著一箱又一箱的大箱子，不同顏色和品質的獸骨珠被放置在不同的箱子之中。

紅襯衫導遊自然是帶晏笙他們來到品質最好、價位最高的箱子前。

不是導遊想坑晏笙他們，而是以他的經驗來說，有錢人都是只挑最貴的商品，對於那些不夠昂貴的貨物連看都懶得看一眼。

以往還曾經發生過，某位新手導遊想在客人面前博得好名聲，特地帶客人去購買品質差不多、但是價格較低的商品，在新手導遊看來，他這是幫客人省錢，結果卻反被客人怒罵，認為新手導遊是瞧不起他，認為他沒錢買東西！

後來那位新手導遊因為客人的壞評價，事業一落千丈，前幾年就離開導遊圈，轉行當商人、做小生意去了。

見到導遊帶著晏笙等人出現，沒有接待客人的員工立刻笑嘻嘻地迎上前，而那些已經有客人、正在跟客人討價還價的，只能在心底暗嘆運氣不好，晚了一步。

昆西市場的員工都有一雙利眼，一看就知道這客人是本地人、外地人，是大客戶還是小客戶，有錢還是沒錢。

晏笙他們雖然年紀輕又帶著小崽子，完全不像是經商買賣的人，可是他們的衣著可不普通，儘管員工們的眼界不夠，估計不出衣服的價錢，卻也知道這幾個人如果真要買東西，絕對是一筆大買賣！

結果也真的被他們料中，晏笙驗看過商品質量後，大手一揮，直接將市場裡頭的上等獸骨珠全買了！

即使只是購買上等獸骨珠，那也是足足有兩大間倉庫的量啊！

算術好的員工稍微計算了一下金額，發現這可是一筆價值將近四億的大買賣！

那幾個售貨員可真是賺大了！

其他沒能沾上這筆交易的員工酸溜溜地想。

他們這些當售貨員的，每個月都有基本的業績需要完成，要是當月完成的業績超過基本線，售貨員可以從超出的部分抽取半成作為獎金。

這筆獸骨珠買賣雖然有五個售貨員參與，可是平均分攤下來，這筆抽成獎金至少也有三十幾個月的薪水那麼多！他們真是賺大了！

「請問您還需要什麼嗎？我們這裡的獸皮的品質也很好！」售貨員搓著手，眉開眼笑地詢問。

既然都來了，晏笙當然打算進行大量採購。

見他點頭後，售貨員立刻領著他往獸皮區的方向走去。

晏笙讓橘糰掃描了品質，從中挑出幾件瑕疵品後，其餘的同樣整批買下。

這種清倉的大手筆行為，立刻讓市場沸騰了起來，員工們紛紛丟下正在接待的客人，朝晏笙等人聚集過來，積極又熱情地推銷著。

「客人要不要看看獸核？我們的獸核可都是特地挑過的……」

「客人、客人！我們的獸筋也很好！」

「尊貴的客人！看看心臟吧！獸心是很好的藥材……」

「尊貴的貴客！獸臘很好……」

「大人，您要看看礦石嗎？我們有礦蠟、水晶和寶石……」

「高貴的大人，我們的布料很好！花樣多、顏色也漂亮！」

到最後，晏笙甚至不用親自走向商品區，這些售貨員直接帶著最好的商品和目錄跑到他面前，供他挑選，而市場主管則是恭敬地站在旁邊為他們介紹商品。

晏笙覺得自己像是古代皇帝，正在挑選臣民獻上的貢品。

然而這些貢品是要他自己花錢買的。

晏笙也沒有讓售貨員失望，只要是橘糰掃描出有價值的，能夠賺取少量利潤的，他全都買了。

整個昆西市場的倉庫被他清空了一大半。

當他們離開時，還是在市場所有員工的歡呼聲和掌聲中走出門的。

饒是如此，這趟掃貨也不過花了他幾千星幣，差不多是阿奇納他們一星期的點心費用。

班薩非雷特的物價可真便宜啊……

晏笙忍不住發出這樣的感慨。

次日，晏笙他們搭上一輛加裝了武器和防護甲的大型車輛，朝著動物群聚的班薩非雷特大草原直奔而去。

按照行程安排，進入大草原後，他們會在裡頭待上十天左右，剩下的時間便是參觀班薩非雷特的主要城市，並進行最後一次大採購。

崽子們嗷嗷叫著要去狩獵，然而現在並不是狩獵季節。

「其實也不是沒有辦法，雖然過了狩獵季，但是只要不是針對那些數量較少、價格較貴的野獸，再付出一點錢……」導遊比劃了一個數額，「還是能夠弄到特殊狩獵許可證的。」

特殊狩獵許可證就是在非狩獵季也能進行狩獵的許可證，是當地政府設置來圈錢的東西。

畢竟大草原上的野獸那麼多，動物的繁衍又是那麼快速，就算沒有這些外人過來捕獵，他們自己也是要派人定時清剿，現在只是將這個清剿的名額分幾個出去，他們自己反倒還省事了。

於是乎，晏笙他們付出了六千萬班薩非雷特幣，外加送給官員的小禮物，便順利地得到一張特殊狩獵許可證。

那位發給他們許可證的官員還很直白地暗示他們，要是晏笙他們想要狩獵「禁止狩獵」的動物，只需要再繳交一些「罰金」就可以了。

晏笙等人自然從善如流地接受官員的建議。

畢竟大草原的物種那麼複雜，意外狀況又那麼多，他們也不能確定不會誤殺到禁殺的獸類。

俗話說得好，「能用錢解決的問題就不是問題！」

要是這裡不讓人繳交罰款，而是採取勞役或是其他方式懲罰，那才讓人傷腦筋呢！

為了不過度影響動物們的生態，班薩非雷特大草原有「禁空」限制，只能搭乘陸行車在草原上奔馳前進。

一行人進入大草原後，行駛了兩個多小時都沒能見到獸群，只有偶然出現的動物兩、三隻。

「這裡還不算是大草原，算是郊區。」導遊解釋道：「這裡狩獵的人多，大多數的動物都在更裡面的位置。」

當地的民眾大多買不起車輛，往往都是徒步進行狩獵，住在大草原周邊的百姓都會捕獵，這是他們的生存技巧之一，這也就造成了生活在邊緣區域的動物被狩獵人潮趕盡殺絕，能存活下來的獸群都往大草原內部遷移了。

大草原的景色壯闊無邊，連綿的綠色大地點綴著稀疏的樹林，遠處是層層疊疊的山巒，乾燥的青草香氣隨風撲來，蟲鳴鳥叫聲不絕於耳，處處顯得生機盎然。

只是這樣的景致看久了，總會讓人覺得膩味，大清早就因為狩獵而興奮不已的大寶他們，在進入大草原三個小時後，已經窩在晏笙懷裡呼呼大睡，而阿奇納和達格利什則是開啟了光幕，玩著一款據說是時下最流行的連線對戰遊戲，布奇麗朵安靜地坐在一旁，閉著眼睛努力修煉。

「前面就是進入大草原的第一個崗哨了，這裡也是一個臨時休息區和補給站，你們要不要下車走走？」

導遊放輕了音量，用著不會吵醒崽子們的音調說道。

他們乘坐的大型車輛上有浴室和廁所，座位寬敞，還可以將椅背放平了當床睡，不過在車上待久了確實讓人覺得沉悶，所有人都同意下車活動活動。

大寶他們在晏笙抱著他們離開座椅時就醒了，聽到可以下車活動，一個個又恢復了活力，嘰嘰喳喳地說話。

車子停放妥當後，馬上就有兩名拿著武器、全身武裝的哨兵上前盤查，導遊熟門熟路地遞上特殊狩獵許可證和相關證件，等到兩名哨兵查看完畢後，他收回證件，又笑嘻嘻地拿出幾條香菸和一箱酒，並伴隨著討好、奉承的話語送上。

哨兵看了一眼菸酒的牌子，發現是高檔貨後，這才笑著接過。

「前兩天有一群洞獅往北邊遷移了。」

「東三區出現一群渡渡獸，大概五十幾隻。」

「其他的你知道，綠晶白頭猩在大樹林那裡，水紅蛙在大河，多羅牛大草原到處都是，彩翼鳥在天上飛，烈馬在草原奔馳，地皮鬼在鑽洞，月光鹿、金葉樹、永生花只有神才能看到哈哈哈……」

哨兵說著當地人才懂的笑話，導遊配合地跟著笑了幾聲，並暗暗將哨兵所說的地點記錄下來。

別看只有短短幾句話，哨兵的胃口可大了，要不是導遊給了好東西，他們連句話都懶得跟你說。

哨兵的訊息能讓他們的狩獵有明確目標，不至於在遼闊的大草原上漫無目的地瞎跑，最終一無所獲。

就在這時，晏笙一行人帶著在補給點買到的東西回來。

他們買了當地常見的一種水果，名為「甜水」。甜水這種水果跟椰子很像，可以當飲料喝，口感清甜，帶著一股清爽感，喝多了也不會覺得膩味。

「你知道這個哪裡有嗎？」

晏笙將一個形似巨大蜂巢的東西遞給導遊。

蜂巢的孔洞裡頭長著紅色的果實，每顆都有雞蛋大小，像是將紅雞蛋塞在蜂巢裡頭一樣。

根據晏笙從販賣的攤販那裡打探到的消息，這種東西是當地常見的農作物，容易種植，不挑土壤。

那個蜂巢狀的物體含有大量澱粉，經過處理後可以變成當地的主食「囊餅」，那些紅雞蛋狀的果子內含大量油脂，是當地的食用油來源。

「這個是『紅油囊』，是我們這裡常見的農作物，到處都能買到。」導遊暗暗盤算著他可以從中獲得的利益，而後給了一個偏高的價位。

「紅油囊的價格一公斤大約是兩百班薩非雷特幣。」

一公斤兩百班薩非雷特幣是相當便宜的，剛才晏笙他們買的「甜水」，一顆就要兩千五百班薩非雷特幣。

「我要大量購買，你能幫我聯繫賣家嗎？」晏笙詢問道。

剛才他們在參觀補給點時，元素精靈的聲音突然在他腦中響起，要晏笙買下紅油囊，他們說紅油囊裡頭有一種微量成分對空間的成長有益處，又說這紅油囊的微量成分很少，大概一噸重只能提煉出一公斤，讓他大量採購。

「要買很多？十個倉庫夠嗎？」導遊眼睛一亮，確認地詢問。

「有多少買多少，就算一百個倉庫的量我也買。」晏笙篤定地點頭。

「我現在先聯繫幾個朋友，讓他們幫著收集，等我們從大草原出來再……」導遊規劃著行程。

「我有紅油囊！」旁邊還沒離開的哨兵打斷導遊的話。

「既然採購數量不限，我們也可以加入吧？」說話的年輕哨兵咧嘴笑著，露出一口大白牙。

「可以。我叫做晏笙。」

「我是蠻巴特，哈利多部落族長之子。」蠻巴特拍了拍左胸膛上的胸章，胸章的樣式是哈利多部落的專屬圖騰。

「哈利多！」導遊露出一個驚奇的表情，連忙對蠻巴特行了一個禮，又轉頭對不清楚情況的晏笙等人介紹道：「哈利多部落是大草原上的部落，是很有名的獵人部落，也是守護大草原的古老部落之一……」

大草原裡頭也有部落居住，這些草原部落是歷史悠久的古老部落，也是班薩非雷特人的起源。

對於這些古老部落，班薩非雷特人都會自帶幾分尊敬，即使是班薩非雷特的官員也會對他們有所禮讓。

「我的部落種植了不少紅油囊，還有一種果實是綠色、可以釀酒的綠酒囊，不過因為我們必須留守大草原，最遠也只能到哨站這邊進行補給，所以這些東西都賣不太出去，大多儲存在倉庫裡頭……」蠻巴特用了一個較為婉轉的說法，說出部落裡的紅油囊滯銷的情況。

賣不出去的主要原因是因為紅油囊太多了！

班薩非雷特當地幾乎家家戶戶都有種植紅油囊，就算沒有田地，只要家裡有個小院子甚至是花盆、木箱，同樣都能種出紅油囊。

東西一多，這紅油囊就沒什麼價值，也沒什麼人會買了。

在紅油囊盛產豐收的時候，甚至有人任由它爛在地裡也不去收割——因為將收割的時間和人力用在打零工上會更加有價值！

草原上的古老部落雖然受到尊敬，地位天然地崇高，但是他們也需要生活，也需要賺錢，也需要想辦法維持部落開銷的。

他們也曾經想過將這些紅油囊推銷給外地來的旅人，甚至是經由商人推銷到外地去，但是因為紅油囊做出的囊餅又乾又粗糙，口感不好，而紅果製造出的油雖然不錯，卻也因為食用油到處都有，這紅油果油又沒有什麼特點，沒有商人想要收購，想要靠著紅油囊賺錢的想法只能打消。

現在出現晏笙這麼一個冤大頭，願意大量收購紅油囊，蠻巴特當然要抓緊機會將部落的庫存貨給賣出去。

「你們要進去大草原狩獵，可以住在哈利多，順便去倉庫看貨。」蠻巴特想把人拐進自家部落，並狡猾地將「驗貨」說成看貨，等到晏笙他們「看」了貨，想不買也不行了。

當然啦！蠻巴特也沒有想要他們全都買下，他只是希望他們能買點部落的東西，給部落增加一些收入罷了。

「你們也可以聘僱我們最好的獵人當嚮導，有哈利多的獵人陪同，你們可以找到所有你們想要狩獵的野獸！」

蠻巴特信心十足地推薦，話語中有著對於自家部落的自豪。
在蠻巴特的熱情邀約下，晏笙等人同意前去哈利多部落作客。

第九章

哈利多部落

哈利多部落的位置並不近，從哨站出發，車子足足開了大半天，直到傍晚時分才抵達。

哈利多部落的周邊用黃泥土和石料築起了一面五公尺高的圍牆，圍牆上還設有瞭望塔，方便巡邏人員監看周圍動靜。

鑾巴特早在車子靠近部落外圍牆時就降下車窗，半個身子探出窗外朝部落的哨兵和暗哨揮手打招呼，讓他們放他們進入。

導遊識相地減緩車速，用著孩童也能追上的車速慢慢駛進部落，晏笙等人也趁機打量部落裡頭的模樣。

哈利多部落的建築物相當符合晏笙對於原始部落的印象，房屋是木頭和竹子混合搭建的，窗戶開得大大的，用草編簾子充當窗簾，屋頂用一束束寬大的草葉覆蓋，堆成三角狀。

比較特別的是，這裡的房屋都不是貼著地面搭建，而是特地用一截截粗大的木樁堆高，讓房屋跟地面空出大約三、四十公分的距離，進屋子還需要先走幾層階梯。

這種建築物地球也有不少，晏笙曾經在網路上看過相關的圖片和介紹，介紹上說，這種干欄式建築的房屋通風性良好，可以防潮、防蟲蛇……

神奇的是，即使種族不同、文明傳承不同，但是很多氣候相似的地區都有類似的干欄式建築，彷彿這些種族心有靈犀一樣。

在這個異世界見到熟悉的建築物，晏笙也對這裡多了些許好感。

在蠻巴特的引路下，車子停在砌成長方形、開著大窗口，看起來像是一個長方形的大型涼亭的建築物前。

大涼亭裡頭有許多人坐著聊天、吃東西，看起來像是部落裡頭的聚會場所。

車子一停下，蠻巴特就俐落地從車窗跳車，一直追著車子的部落孩童嘻嘻哈哈地將他包圍住，蠻巴特大笑著拍了拍孩子們的屁股和背部，用他們的部落語言跟孩子們說話。

坐在大涼亭長廊處的老者敲著手裡的長菸斗，衝著蠻巴特說了幾句部落語，語氣並不好，其他老人的目光也不時地朝晏笙他們掃來，眼底帶著警戒和審視。

蠻巴特嘰哩哇啦地回應著老人，手上還比劃著各種手勢，大概是知道晏笙他們是來收購紅油囊的，這些老人的態度這才平和了一些。

獲得老人們的許可，部落其他人這才靠近晏笙他們，露出友善的態度。

「鳥！小白鳥！」

「是小雞崽啦！」

「是鳥啦！」

部落孩子指著大寶他們大聲嚷嚷。

「嘰啾！我們是聖薩曦族噠！」大寶糾正著他們。

「鳥崽崽會說話！」

「笨！他們是部落幼崽！跟我們一樣！」

「我們是哈利多部落噠！」部落孩子學著大寶他們的口氣回應，而後又嘻嘻哈哈地笑成一團。

「啾啾！對噠！我們都是部落小崽崽！請你們吃糖！」二寶拿出糖果跟部落的孩子分享。

小孩們的友誼來得很快，一眨眼他們就玩在一起了。

「來、來！我帶你去倉庫看貨！」

蠻巴特拉著晏笙就想往倉庫的方向走，卻被另一隻手扣住了動作。

「我也去。」阿奇納拉開蠻巴特的手，將晏笙擋在身後。

晏笙不清楚情況，自然是隨著蠻巴特行事，可是阿奇納很清楚，部落裡頭可是不能亂走的，即使是受到部落邀請的客人，要是不小心闖進部落的聖地或是禁地，部落人可是有權處置對方的。

在這個人生地不熟的地方，他們還是小心為上。

發現阿奇納輕巧地制住自己的行動，蠻巴特眼睛一亮，上上下下地打量他。

「等一下練一場？」

哈利多部落崇尚武勇，一有機會就想跟人比試一番。

「好啊！」阿奇納爽快地答應了。

「先看倉庫，看完再打！」

蠻巴特走在前頭領路，幾名部落少年也好奇地跟在後方。

在晏笙他們前往倉庫看貨時，達格利什跟布奇麗朵留在原地照顧崽子。

見到哈利多部落的倉庫時，晏笙著實為眼前的景象嚇了一跳。

他原本以為，部落倉庫大概也就是蓋上三、四個或是七、八個，然而哈利多部落的倉庫卻是密密麻麻的一大片，占據了部落的一角。

粗略估算，這裡少說也有一百多個倉庫！

倉庫的規模跟部落的房子差不多，約莫五、六十坪的面積，要將這麼多的倉庫都裝滿，裡頭的紅油囊數量可壯觀了！

「部落老人愛惜食物，紅油囊捨不得丟，也捨不得不種，就算已經堆滿了倉庫，他們每年都還是會種紅油囊。」蠻巴特笑著解釋道：「倉庫堆滿了就再蓋新的，一年年蓋下來，就變成這樣了……」

部落裡頭儲存的紅油囊數量，足夠哈利多部落吃上幾十年了！

「紅油囊可以放多久？」晏笙好奇地問。

「保持通風乾燥，可以放二十幾年都不會變壞。如果製作成囊餅，可以放更久。」

鑾巴特打開距離他們最近的一間紅油囊倉庫，讓晏笙他們進去看貨。

「紅油囊倉庫一共九十九間，其他的倉庫是裝獸肉、皮草、酒和其他東西的。」鑾巴特說道：「每間倉庫的紅油囊大概是一萬三千公斤，有的倉庫多一點、有的倉庫少一點，價格我就按照兩百班薩非雷特幣賣給你，你想買多少？」

晏笙詢問過元素精靈後，給出了答案。

「我全買了。」

「喔，好……等等，你說的全部是指『一個倉庫』的全部，還是『所有倉庫』的全部？」鑾巴特確認地詢問。

「所有倉庫，我全都要了。」晏笙微笑著點頭。

元素精靈告訴他，這些紅油囊越多越好，他們已經做好專門用來吸取的源圖，只要將東西放進源圖裡頭，它就會自動轉化並讓空間吸收。

「我沒有兌換太多班薩非雷特幣，可以用貢獻點付款嗎？」晏笙有些擔心他們不收其他貨幣。

「可以！當然可以！」蠻巴特連連點頭。

貢獻點可比當地貨幣用途廣，價值也更高！

「我們一起驗貨，確定品質和數量，等一下我們相互對照。數量跟品質都沒有問題的話，我就付帳。」

「好！」蠻巴特叫來部落族人，讓他們協助盤點和檢驗。

晏笙也放出橘糰驗貨。

橘糰開心地在各個倉庫跑跳繞圈，不到十分鐘的時間，橘糰就帶著數據回返了。

哈利多族人的清點速度自然沒有橘糰迅速，晏笙也不催促，反正他們會在這裡待上十天，這段時間應該足夠他們將倉庫盤點清楚了。

不過蠻巴特卻是相當著急，他怕時間拖久了，這筆生意就吹了。

蠻巴特找來管理倉庫的人，讓他們對照帳本上的數字計算。

部落的倉庫管理有鬆有緊，重要的東西自然是盯得牢牢的，而像紅油囊這種多得快要把部落淹沒的東西，管理上自然寬鬆許多，不過大致的數字還是有的。

蠻巴特將倉庫管理員給出的數字跟晏笙報上的數字相互比對，發現晏笙報給他的數量竟是比倉庫帳本上多出將近一百萬公斤！

倉庫管理必須抓緊！一定要抓緊！

蠻巴特咬咬牙，決定等見到父親時跟他說這件事。

這也是晏笙老實，才會將實際數量報上來，要是換成其他外地奸商，肯定會跟他們套話，將數字東扣西減，縮減數量，那他們部落不就虧大了嗎？

「一個一個盤點太浪費時間了，這樣吧！我們就按你的數量來算！」蠻巴特裝出懶得斤斤計較的大方模樣。

之後便是計算這些紅油囊的售價，並將班薩非雷特幣換算成貢獻點的數字了。

班薩非雷特幣轉換成貢獻點，其中肯定會有些許數字上的落差，晏笙也不小氣，直接將零碎的尾數湊成了整數。

原以為要因為這些金額討價還價一番的蠻巴特，突然覺得有些不好意思，又帶著點心虛。

因為一公斤兩百班薩非雷特幣的價格是偏高的，按照今年的市場價，其實應該是一公斤一百六十到一百八十班薩非雷特幣。

要是部落賣給大量收購的商人，價格還會被往下砍。

而且晏笙大量採購，卻沒有跟他們議價，也沒有向他們討要折扣和好處。

這個人是傻子嗎？

蠻巴特不禁冒出這樣的念頭。

按照他以往的經驗，遇到這種傻氣的商人，他當然是多推銷一些東西，想辦法從對方手裡撈錢。

可是對上晏笙那雙明亮又透著友善的眼眸，他突然有些彆扭。

以往他也經常跟那些外地商人鬥智鬥勇，為了一點小錢爭得面紅耳赤，也聽了不少酸言酸語，說他這個少族長太過吝嗇小氣，一點都沒有族長繼承者的風範。

哈！風範算什麼？能讓族人吃飽嗎？能讓部落強大嗎？

蠻巴特從來沒有將那些評價放在心上，因為他知道，他是在為部落爭取利益。

可是今天不知道怎麼了，他卻覺得這錢賺得有些不自在。

交易完成後，蠻巴特讓人將晏笙他們送到部落最好的客房，自己則是帶著這股莫名的情緒跑去向族長父親回報。

「好人啊，這些人是好人……」看著部落虛擬帳戶上增加的一大串數字，族長開心地咧嘴大笑。

「什麼好人？根本就是笨蛋。」蠻巴特低聲嘀咕道。

「蠢兒子！」族長甩了他一記白眼，「你以為他們真的傻啊？人家那是尊重哈利多部落，覺得哈利多部落是公平、公正的，不會坑他們，這才跟你進行交易！」

「他們還是被坑了啊，我賣給他們的紅油囊比較貴……」

「蠢兒子！」族長朝他的屁股踹了一腳，「他們是哈利多的朋友，多出的錢是他們的住宿費用！不許再跟他們收錢！」

「……不收就不收，踢我幹嘛？」蠻巴特揉了揉被踢疼的屁股，也不反對父親做的決定。

「他們要去狩獵對吧？派兩名好獵人給他們當嚮導，不收錢。」族長補充道。

「要不，我去給他們當嚮導？」

「你？」族長斜睨蠻巴特一眼，毫不給面子地說道：「你算什麼好獵人？」

「我怎麼就不是好獵人了？我在族裡也是排名前幾名的……」蠻巴特梗著脖子回嘴。

族長嗤笑一聲，擺了擺手，「算了吧！你以前是很不錯，可是你想想你這幾年都在做什麼？」

這些年，為了解除部落的貧窮困境，為了讓族人過上更好的生活，蠻巴特一直在學習經商，部落人最基本的狩獵技藝他已經生疏很多了。

「是我沒用，沒辦法讓族人過上好日子，我這個族長當得不稱職。」族長搖頭感慨，話鋒一轉，又哈哈大笑，「還好我很能生，生了你這個會賺錢的兒子哈哈哈哈……」

「……」本來想安慰父親幾句的蠻巴特，將到了嘴邊的話收回。

「想當嚮導就去吧！不過你要記住，他們是哈利多的朋友，不是那些奸商敵人！」

「我知道。」蠻巴特點頭回道。

對待朋友，哈利多向來是熱情和真誠的，若是敵人，哈利多會成為草原上的狼，用最鋒利的爪牙將敵人撕碎！

哈利多部落的夜晚很熱鬧，為了歡迎遠方來的客人，哈利多部落舉行了篝火晚會。

傍晚時分，整隻的乳豬、小牛、幼羊就已經被抹上調味料醃漬，在篝火升起時就轉移到篝火邊烤炙，等到篝火晚會開始時，這些大餐也已經快要烤炙完成。

族長說了幾句開場白，向族人介紹並誇獎晏笙他們後，這場宴會便開始了。

宴會採用自助式，想吃什麼就自己挑選。

長長的木製長桌上擺放著薄薄的囊餅以及各種蔬菜和水果，這些東西用大木盆盛裝，也有一部分用綠色大葉片包裹。

晏笙嘗試了當地的囊餅，說實話，那囊餅真的不好吃。

囊餅約莫一指厚，吃起來像是在吃雜糧硬麵包，而且是放了很久、已經乾硬的雜糧硬麵包，咀嚼時要相當用力，非常鍛鍊牙齒的咬合力量；它的口感也不怎麼好，裡面彷彿摻了細沙，吃起來有一種沙沙的異物感，而它的味道則是烤麵糰的香氣加上微微的鹹味。

晏笙思考著，他該怎麼用不失禮的方式解決這塊囊餅。

「怎麼了？」阿奇納注意到他的不對勁，低聲詢問。

「我……咬不下去。」晏笙尷尬地回道。

阿奇納看向他手裡的囊餅，那裡只有一個帶著牙印的小缺口。

「咬不下就別吃了。」阿奇納並不認為這有什麼問題。

「可是這樣很沒有禮貌。」晏笙低聲解釋道。

阿奇納歪了歪頭，覺得晏笙的顧慮也對，如果是他準備了一堆食物請朋友吃，結果朋友卻不肯吃，他也是會不高興。

「給我吧！」

阿奇納將晏笙手裡的囊餅接過，三、兩口就把它吃光了，又隨手從旁邊抓了一個葉片包裹的東西塞進晏笙手中，假裝他一開始拿的就是那樣東西。

「謝謝。」沒料到阿奇納會吃掉他吃過的食物，晏笙覺得很不好意思。

他紅著臉低下頭，準備將阿奇納塞給他的東西打開。

「不、不、不！」一名臉上有部落刺青的老婦人出現，搖著手制止他。

「什麼？」晏笙茫然地停下手。

「葉芭芭，生，不能吃。」

掌杓的老婦人指了指用葉片包裹、外觀像是四角形粽子的物體，又指了指旁邊燒著水的大鍋子，用著生疏的通用語解釋道。

「葉芭芭，丟丟丟，大鍋，煮。」

在她的旁邊有一個石頭砌的臨時爐灶，上面放著大鍋，燒開的清水裡頭被放入了香料、蔬菜、果子、獸類骨頭，以及一截削了皮的木頭，相當地混搭。

聽明白老婦人的意思後，晏笙尷尬地將手裡的葉芭芭遞還給她。

「乖，好孩子。」

老婦人笑嘻嘻地誇獎。

回過頭，她指揮著兩名年輕女性，讓她們握著長柄杓子奮力攪拌，老婦人自己也時不時地往鍋裡撒入不明粉末，看上去就像是巫婆在熬煮她的魔藥。

等到這鍋湯被熬煮得剩下三分之二，湯水變得有些黏稠，像是羹湯時，老婦人將葉芭芭投入湯鍋熬煮。

「等，十、十分。」老婦人嘴上說著十分鐘，舉起的雙手卻只豎起了八根手指。

她的左手中指跟無名指齊根截斷了，空出一個大缺口。

注意到晏笙的目光在那個缺口停留，老婦人咧出一口黃牙，很是爽朗地笑笑。

「毒蛇，很毒，砍掉。」

在草原生存的人，對於毒物的處理都有自己的一套方法，能被老婦人強調「很毒」的，差不多是沒有解藥、致死性的那種，老婦人在中毒當下能夠當機立斷，斷指求生，心態也是相當強大。

晏笙不由得對她升起一股敬意。

等到那些葉芭芭煮好後，晏笙拿了一個打開。

包裹在葉片裡頭的是一些像是五穀雜糧的東西，有紫色的豆子、黃色的小米、紅色的小米花、綠色的小豆子等等。

吃起來的味道清香鹹甜，口感有軟糯、有脆硬、有綿軟、有酥香……相當富有層次。

晏笙一下子就喜歡上這名為葉芭芭的食物。

阿奇納反倒不喜歡葉芭芭，他覺得又甜又鹹的味道很奇怪，吃了一口就將手裡的葉芭芭給了晏笙。

晏笙將葉芭芭接過手，頗不能理解地說：「你平常不也是吃完烤肉、吃甜點嗎？」不一樣又鹹又甜？

「不一樣啊，那味道是分開的！」阿奇納反駁。

「哪有分開？我就看過你一口肉、一口糖果……」

「食物是分開的。」

「其實你是因為葉芭芭是穀類才不吃的。」晏笙早就看穿了他的偏食，他就是一隻無肉不歡的大貓！

阿奇納哈哈大笑，也不反駁。他端著大盤子起身，跑去篝火旁邊拿烤肉。

廣場上突然響起一陣熱鬧的音樂聲，手鼓的鼓音是基調，樂器有口笛、短笛和一種手臂粗、長筒狀、搖動時會發出沙沙聲響，如同下雨一樣的「雨棍」。

沒有樂器的哈利多族人拍手打節奏，嘴裡唱著歡快的歌曲。

達格利什也跟著湊熱鬧，他拿出一種看似鈴鼓的樂器，跟著節奏拍打。

布奇麗朵坐在晏笙身旁，看著大寶他們跟部落孩子跳舞，身後的小翅膀也隨著節拍晃動。

一行人在大草原的第一個晚上，就在歡快的氣氛中度過。

隔天早上，晏笙是在歡快的談話聲中醒來的。

睜開眼睛時，晏笙下意識地掀開窗簾，外頭的天色黯淡，是黎明天亮前的暗藍色調，遠處隱約可以看見一抹魚肚白。

晏笙這才發現，天都還沒亮呢！

他又看了一眼系統所顯示的時間，五點十三分。

部落人都醒得這麼早？

他揉揉眼睛，又抹了一把臉。

既然都醒了，他也不打算睡回籠覺，想要起身走到外面看看。

幫阿奇納和崽子們蓋好薄被，他放輕手腳走到屋外。

廣場處有不少人群聚，昨夜還沒燃盡的篝火上架了兩口大鍋，裡頭正在烹煮早餐。

「早安。」晏笙微笑著跟其他人打招呼。

年輕的哈利多族人熱情地跟他打招呼。

「早！你醒得真早！」

「來！早餐好了，過來吃吧！」掌杓的人招呼著眾人。

「給你。」鑾巴特端了兩碗粥，將其中一碗遞給晏笙。

這粥的模樣跟蔬菜雜糧粥有些類似，晏笙用木杓子攪了攪，發現裡頭的穀物跟昨晚葉芭芭一樣，只是比葉芭芭少了幾種穀類，又添加了大量剁碎的菜葉子和肉片。

嚐了一口，味道依舊是鹹甜口味，又多了幾分蔬菜的苦澀味，這種苦澀味不算太難吃，至少習慣中藥味道的晏笙並不覺得難吃，只是如果是阿奇納，他們大概會不習慣。

「你們打算什麼時候去狩獵？」鑾巴特問道

「等他們起床吧！大概八、九點……」晏笙估算著大寶他們的起床時間說道。

「好，到時候我跟你們一起。」

「好。」晏笙喝了幾口粥，看著廣場上熱鬧的人群，「你們都這麼早就起床？」

「沒有，平常都是五點多起床，今天要去採購，起得比較早，在這裡的都是採購隊的。」

蠻巴特稀哩呼嚕地喝掉一碗粥，又拿起一塊包著肉乾的囊餅吃著。

「我們部落裡有好多東西都舊了、壞了，早就該扔了，可是以前沒錢，就只能想辦法修一修再用。大堂的屋頂就是補了好多次的……」

蠻巴特指著被晏笙暗中稱為大涼亭的建築物。

「壞了就修，破了就找東西補上，修修補補的，也就這麼過了好幾年。」蠻巴特大口咬下葉芭芭，嘴裡含糊不清地說道：「我們每年都會想辦法多獵點獵物、多存點錢，把那些舊的、壞的東西汰換掉，可是東西壞的速度太快了，外面的東西又太貴，外面的商人很會壓價，部落的獵物賣不上好價錢，我們用十萬賣出去的獸皮，商人轉手就能夠把它賣到兩百萬……」

蠻巴特說不清楚，當初他在城裡的大商店裡頭，看見自己賣出的獸皮標價時，心底有多麼震驚和憤怒。

外面的奸商實在是太會騙人了！

「這次你買了那麼多紅油囊，我們總算有足夠的錢把部落翻修一遍了。」蠻巴特笑了笑，「我父親手裡有一本記事本，記著部落裡頭壞掉的東西，還有想要購買的東西，他昨天很高興地跟我說，總算可以把紀錄清空了。」

外人可能不懂把記事本清空是什麼感覺，那就像是準備用一輩子去完成的目標，突然有一天全部達成了，身上背負的重擔全部卸下，渾身輕鬆，也透著難以置信。

一直到早上醒來，族長都還不忘重複翻看族裡的虛擬帳戶，確定那筆錢是真實存在的。

「原本應該等到你們離開，我們再去採購這些東西，可是我爸他怕這是一場夢，他怕夢醒了之後什麼都沒有，所以他大半夜就把我叫醒，讓我趕緊召集人，今天就去採買。」

東西買到手，就算是一場夢，至少夢裡頭也擁有過。

「紅油囊我打算長期收購，以後要是還有，可以送到倉庫。」晏笙將倉庫的副鑰匙遞給他，「我的倉庫有機器人，它可以幫忙驗貨和收貨，等它檢驗完畢，就會發一張清單和通知給我，收到通知後，我就會轉帳付款。」

之前他跟空釣船的老船長簽訂三年契約，晏笙也遵循了約定，定時前往倉庫收貨、驗貨，後來他購買保姆機器人時，恰好看到一則推銷各種機器人的廣告，裡面有各種商務機器人出售和租賃。

晏笙想著有了大寶他們以後，可能沒辦法按時過去倉庫驗看貨，便買了一具倉儲機器人，它可以替主人收貨、驗貨、統計清單、整理貨物，還具有保全系統功能……

有了這個倉儲機器人，晏笙便從倉庫那堆瑣事解放出來了，時間安排也就更加自由了。

唯一讓晏笙覺得美中不足的部分是，倉儲機器人沒辦法直接將貨物上架到萬宇商城的店鋪裡頭，還是需要他跑一趟倉庫取貨。

不過前往倉庫也只是需要幾秒鐘的傳送時間而已，收取貨物和上架商品、定價、填寫商品簡介等等，都是由橘糰進行，他也沒費什麼工夫。

不過這樣的服務也只有一年，滿一年後就要付費了。

晏笙盤算著，要是費用不高，他負擔得起的話，他還是願意付費使用橘糰的各項服務。
吃過早餐後，他回到暫住的屋子，在屋前的階梯坐下。
他詢問了橘糰相關的租賃費用，橘糰的回答卻出乎他的預料。
「晏笙的交易額已經快要達到升級數值，四級會員可以免費使用這些服務喔！」橘糰窩在晏笙懷裡，甩著尾巴說道。
「成為四級會員以後，商品欄位會增加五個，交易時可以享有八折優惠，每年還有三十張抽獎券可以拿喔！會員等級越高，得到的福利越好。」
晏笙摸貓的手一頓。
原來萬宇商城給的感謝禮物，是他們原本提供給會員的福利啊？
不過就算是這樣，他也不覺得自己吃虧，畢竟對方可是直接將他的等級提升到三級，讓他可以跳過前面的等級，節省了不少時間和金錢。
「我還差多少交易額升級？」晏笙詢問著重點。
「還差二十三萬五千八百七十三星幣。」
「就差這麼一點？」晏笙很訝異。
「是的。而且萬宇商城為了獎勵積極、努力的會員，如果能夠在一年內升級，還能夠得到額外獎勵喔！萬宇商城給的獎勵都是很好的東西，晏笙要加油！」

「我知道了。」

二十幾萬星幣說多不多，說少也不少，至少目前晏笙想要達到這個額度，還需要再找些新產品刺激消費。

之前在昆西市場買的那些貨物都已經上架，不過銷售情況並沒有他想像得火爆，雖然每天都能夠賣出一些，卻沒有大量採購的大客戶上門，大概只能放著慢慢賣了。

既然死物不成，活的動物或許會有人喜歡？

晏笙希望能在狩獵時抓到一些性格溫馴、可愛的、漂亮的動物，到時候他就將這些動物當成寵物販賣，或許應該會受歡迎。

他也考慮過要不要去向元素精靈收取「房租」，從空間裡頭摘一、兩株植物販售，只是直覺告訴他，元素精靈種植的那些奇花異草相當珍貴，要好好留著，不能輕易出售。

像升級這種小事，他還是自己努力賺錢，不要糟蹋空間裡的植物。

等到阿奇納他們醒來後，趁著他們吃早餐的時間，晏笙將商城會員升級的事情告訴他們，又說了自己想要找尋寵物販賣的計畫，阿奇納他們自然是相當支持的。

畢竟晏笙晉級這件事情，對他們也有好處，而且找尋寵物的計畫跟狩獵行程並不衝突，算是一舉兩得的事。

蠻巴特帶著另一名中年獵人過來時，晏笙便將他們討論的結果跟他說了，希望蠻巴特可以帶他們去找適合當寵物的動物。

蠻巴特並不覺得這樣的要求有什麼困難，草原上溫馴和漂亮的動物很多，草食性動物大多都是性情溫馴的，而羽毛顏色豐富、鮮豔的鳥禽類自然是漂亮動物的第一選擇。

如果晏笙要讓他們找尋猛獸或是珍稀動物，那才會讓他覺得為難。

即使是擅長捕獵的哈利多人，狩獵猛獸時也是需要派出大量的獵人才能辦到。

「部落附近有白陀陀的巢穴，白陀陀長得白白圓圓、全身毛茸茸的，像一顆毛球，牠的肉很鮮嫩，只是肉少了一點，成年人要吃好幾隻才會飽。牠的繁殖力強大，一胎可以生下十幾隻，部落裡也有飼養。」

蠻巴特帶著他們來到部落裡飼養白陀陀的位置，指著白陀陀給他們看。

白陀陀確實長得像一顆毛球，而且是一顆柔軟如水的毛球。

牠的毛色有黑、灰、白和混合的雜毛花色四種，體型約莫是成年人的兩個拳頭大，牠的耳朵很小，粉粉尖尖的，藏在長毛之中，要特地撥開白毛才能看到。

牠的四肢短短肥肥的，行動時像是小皮球在彈跳，不動的時候牠的體型會變成半圓或是橢圓形，像是要攤軟成一灘水的模樣，相當可愛。

晏笙讓橘糰掃描白陀陀並對牠定價，橘糰對白陀陀的定價並不高，可想而知，白陀陀在星際間並不是什麼有價值的生物，但是晏笙還是向蠻巴特購買了十幾隻白陀陀放到萬宇商城試賣，並讓橘糰在商品介紹欄添加上「白陀陀性情溫馴，可以當成寵物飼養」的文字。

以晏笙的觀點來說，白陀陀確實長得很可愛、很討喜，如果是在地球，肯定會有一堆人搶著要養牠，只是到了星際，他就不確定地球人的審美觀符不符合外星人的喜好了。

不過既然要做生意，總歸要嘗試看看，就算失敗了，也是一種經驗。

按照狩獵行程，他們會一直待在草原上，直到狩獵的最後一天才會返回部落。

蠻巴特按照晏笙的要求，帶著他們前往一個又一個草食動物的地盤，並教導他們該怎麼狩獵。

狩獵技巧通常都是部落的不傳之秘，不過因為晏笙等人已經被認定是哈利多部落的朋友，再加上他們只是一時興起，並不是打算以獵人為職業，不會跟哈利多部落有生存上的衝突，所以蠻巴特也就不藏私，傳授了許多追蹤的小技巧。

後續幾日，他們在蠻巴特和中年獵人的教導中，他們藏身於草叢後頭，循著獸跡追逐獵物；他們遠遠旁觀狼群與獵物追逐廝殺，了解草原上的「強者生存」法則；他們蹲在水源處的一角，跟眾多動物在水源處和諧共處；他們送上食物給猴群，在猴王的許可下與小猴子們一同玩耍……

他們在小湖泊見到鋪天蓋地的彩蝶；他們見到粉紅色的鳥群如同一團雲霧似地飛舞；他們看見成群的羚羊在草原上跳躍；他們看見形似長頸龍的巨大野獸慢吞吞地移動；他們見到黑色的不詳鳥啃蝕著腐屍……

他們在大草原上駕車奔馳，追逐著草原上的風；他們在小山丘上紮營，在夕陽和晚霞的映照下用餐；他們在草原的星空下，聽蠻巴特和中年獵人說著部落流傳的草原傳說……

據說，地裂谷有一條「神出鬼沒」的裂縫，它深不見底，還會到處移動，沒有人知道它的正確位置。

據說這條裂縫是通往另一個世界的入口，曾經有人在那裡消失，隔了幾十年後再度出現，而且容貌依舊保持失蹤時的模樣，未曾老去。

據說，小孩子被惡夢驚嚇、啼哭不停時，可以把狼牙做成守護項鍊，讓孩子戴上，這樣就不會做惡夢了。

據說，草原上有一種名為「地皮鬼」的生物，他棲息於地底深處，夜間行動，來無影、去無蹤，沒有人能看見他的真實樣貌，只能捕捉到一抹急速閃過的影子。

地皮鬼喜歡惡作劇，他喜歡偷東西，也喜歡把整理好的物品弄亂，要是發現東西不見了，或是東西擺放的位置不對，那肯定是地皮鬼幹的。

地皮鬼還喜歡到處打洞，要是一覺醒來發現院子突然出現一個坑洞，那肯定是地皮鬼挖的。

據說，草原上的白鹿是神明的使者，要是遇到白鹿就代表會有好運氣，要是射殺了白鹿，會有厄運纏身。

據說，白鹿死後會變成月光鹿，月光鹿只會在滿月的夜晚出現，牠具有看穿善惡的眼睛，要是獲得月光鹿的喜歡，或許牠會願意帶你到聖地去。

據說，聖地是神明永眠的場所，那裡有著能夠醫治各種疾病的金葉樹，也有能讓人死而復生的永生花，還有各種神奇的動物和珍貴的植物。

要是足夠幸運，說不定還能在聖地撿到神明留在人間的寶物。

或許是因為這些帶著部落色彩的神話故事太過瑰麗有趣，晏笙罕見地做了一個夢，夢見他出現在那個美好的聖地，見到了月光鹿和各種發著光的動物。

大概是因為做了一場好夢，次日醒來時，晏笙覺得自己的精神充足，身心都是前所未有地舒服。

他看了一眼時間，發現現在才早上五點多，看著還在沉睡的小夥伴們，他決定到帳篷外面散散步。

他們紮營的地點位於地裂谷，這裡的地形如同它的名字，地面像是開裂了一樣，有好多道裂縫，這些裂痕有寬有窄、有深有淺，最深的一道根本看不見底部。

晏笙也沒打算走遠，就只是繞著帳篷周圍走一圈。

走著走著，他腳下突然一絆，重心不穩地往前踉跌了幾步。

原本這也沒什麼，最多就是摔倒而已，結果他卻是突然踏空，整個人摔下裂縫裡。

不對啊！昨天明明查探過，附近都沒有裂口……

晏笙在往下掉落的時候，還有心情想著這個問題。

等到他掉了一會兒都沒有觸及地面時，他的表情變得古怪。

難道他是掉進那條會跑來跑去、通往另一個世界的裂縫中了？

想起昨晚聽到的部落故事，晏笙默默地打開防護屏障……

後記

寫《天選者》時，心情一直都很輕鬆愉快。

晏笙和阿奇納在我心裡是可愛、溫暖又貼心的美少年形象。

每次寫到他們互動的時候，心底就會冒出「啊啊啊啊～～他們好可愛！」的尖叫聲。

覺得晏笙和阿奇納是兩朵又甜又暖的雲朵，很想將他們抱在懷裡揉。（笑）

這一集，他們多了一同旅行的同伴，也學會了新技能，以後他們的旅途會更加熱鬧精采。（不劇透，所以也只能說這些。）

※　※　※

這一集剩下半章節就要寫完時，電腦突然當機，把我嚇了一大跳。

重複開機了好幾次，電腦始終打不開。

匆匆忙忙地抱著電腦送修，結果隔天跟維修師通電話時，維修師卻說：「電腦沒問題啊！一切都很正常！」

當下有一種「被電腦耍了」的感覺。

電腦壞掉的前幾天，電腦椅也壞了。

我的電腦椅大概每隔一、兩年就要更換，每次都是有一個輪子崩毀、脫落，不管是哪個廠牌的電腦椅，最後都是一樣的下場，真是神奇。

再往前推一段時間，我的手機也出現電力耗電迅速，好像電池快要掛掉的情況……

家裡的家具、電器，一到十月就會開始陸續發生故障或是損壞，這種情況會一直持續到年底，好像它們自己排好了順序，輪流更新一樣。

每次到了年底，我就要開始關注錢包，要按著計算機加加減減地計算，頗為苦惱。

不曉得大家家裡有沒有類似的情形？

國家圖書館出版品預行編目資料

天選者③：可不可以，血拚也來開外掛？ / 貓邏 著.-- 初版.-- 臺北市：平裝本．2020.05 面；公分（平裝本叢書；第505種）（#小說）

ISBN 978-986-98906-0-1（平裝）

863.57　　109003171

平裝本叢書第505種
#小說 07

天選者

③ 可不可以，血拚也來開外掛？

作　　者—貓邏
發 行 人—平雲
出版發行—平裝本出版有限公司
台北市敦化北路120巷50號
電話◎02-27168888
郵撥帳號◎18999606號
皇冠出版社（香港）有限公司
香港上環文咸東街50號寶恒商業中心
23樓2301-3室
電話◎2529-1778　傳真◎2527-0904
總 編 輯—龔橞甄
責任編輯—張懿祥
美術設計—王瓊瑤
著作完成日期—2019年9月
初版一刷日期—2020年5月

法律顧問—王惠光律師

讀者服務傳真專線◎02-27150507
電腦編號◎571007
ISBN◎978-986-98906-0-1
Printed in Taiwan
本書特價◎新台幣249元 / 港幣83元